瑞蘭國際

瑞蘭國際

瑞蘭國際

瑞蘭國際

QR Code 版

信不信由你

# 一週學好日語動詞！

こんどうともこ 著
元氣日語編輯小組 審訂

# 作者序

## 「動詞の活用」なんて怖くない！！

初級学習者がやっとの思いで五十音をマスターし、希望を胸にやる気満々で走り始めたとき、大きく立ちはだかり意気消沈とさせてしまう厄介者、それがこの「動詞の活用」です。多くの学習者がこの難関で苦戦し、放棄してしまいがちです。残念なことに、わたしのかつての教え子の中にも、この段階での挫折者が数人います。日本語教師にとってはショックな出来事です。ただ、それで終わりにしては教師失格です。その経験を活かし、改善を重ねながら、学習者にあきらめないで理解してもらえる方法を見出だし、如何にしてそれを使いこなせるようにするのか、研究に研究を重ねて最後に辿りついたのが本書です。

この本では、複雑とされている「動詞の活用」を簡略化させ、理解しやすいよう整理しました。さらに、実用的なフレーズをふんだんに盛り込むことで、無味乾燥だった「ない形」、「ます形」などの動詞が生活場面で如何に使われるのかが即理解でき、かつ即使える、そんな達成感の味わえる「動詞本」に仕上がっています。

また、表紙上のQRコードを読み取れば、音声が流れます。何度も耳にし、声に出して言ってみてください。繰り返し発音することで、日本人と同じように意識することなく、自然と活用できるようになることを目指します。

今回も、瑞蘭出版社の王愿琦社長と葉仲芸副編集長には有益な助言と励ましをいただきました。かつてからの仕事仲間ですが、改めてその卓越した能力と熱心さ、思いやりに感銘を受けたこと、一筆させてください。本当にありがとうございました。

最後に、本書が動詞でつまづき、学習が停滞してしまった方、もしくはかつて挫折し、日本語学習から遠ざかってしまった方のお役に立てれば幸いです。至らない点もあるかと思います。お気づきの点について、お使いになった方々からのご批判をいただければ幸いです。

2020年5月　台北の自宅にて

こんどうともこ

# 作者序

## 「動詞變化」，一點都不可怕！！

當初學者好不容易學好五十音、滿懷希望要開始往前學習時，站在面前把幹勁趕走的討厭鬼，就是這個「動詞變化」。很多學習者遇到這個難關，往往會在苦戰之後選擇放棄。很遺憾地，我以前教過的學生裡面，就有好幾個在這個階段受到挫折。對日語老師來說，這是一件會受到打擊的事。可是，因為這樣就結束，便沒有當老師的資格了。而這本書，就是一邊好好利用那個經驗，反覆改善，一邊找出讓學習者不要放棄且能理解的方法，並學會如何運用動詞變化，研究再研究，終於完成的作品。

這本書將複雜的「動詞變化」簡易化，整理成學習者容易理解的內容。而且運用豐富實用的句子，讓學習者面對這些原本枯燥乏味的「ない形」、「ます形」等動詞，也能立刻知道如何運用在日常生活中並馬上使用，就是這樣一本為了讓學習者可以體會成就感而打造的「動詞書」。

另外，掃描書封上的 QR Code，就會播放音檔。請多聽幾次，試著發出聲音來說說看。期盼藉由反覆的發音，就能像日本人一樣不需要思考，自然地活用動詞變化。

這次又受到瑞蘭出版社的王愿琦社長與葉仲芸副總編輯的有益建言以及鼓勵。雖然是長久以來的工作夥伴，但重新感受到她們的卓越能力、認真熱誠以及貼心，請讓我寫下一筆。真的謝謝妳們。

最後，希望本書能夠幫助之前在動詞變化遇到瓶頸而停下學習的人，或曾經感到挫折而決定不學日語的人。本書或許還有不夠周全之處，如果使用本書後發現任何問題，還請不吝賜教。

2020 年 5 月於台北自宅

こんどうともこ

# 跟著 5 大步驟，信不信由你，一週學好日語動詞！

## 步驟 1：

### 了解每天的學習目標

本書在每一天學習的開始，就會對當天要學的動詞形態做開宗明義的說明，告訴讀者為什麼要學這個形態，還有學習的重點為何，藉以建立讀者學習的信心，讓大家知道，原來學日語動詞這麼簡單！

Day 1

げつようび

月曜日

星期一

真清楚！

A 學習目標：ない形

MP3 01

「～ない」相當於中文的「不～」，為敬體「～ません」之常體表現。因此用這個「ない形」，可以表達多種否定的說法喔。

### 配合音檔學習

除了用「看」的學習之外，還可以用「聽」的！每一個動詞形態，不管是第一類動詞變化的教學還是自我練習，又或是延伸學習的句型及例句，作者均親自錄音，只要配合音檔學習，保證日語動詞一週學得會！

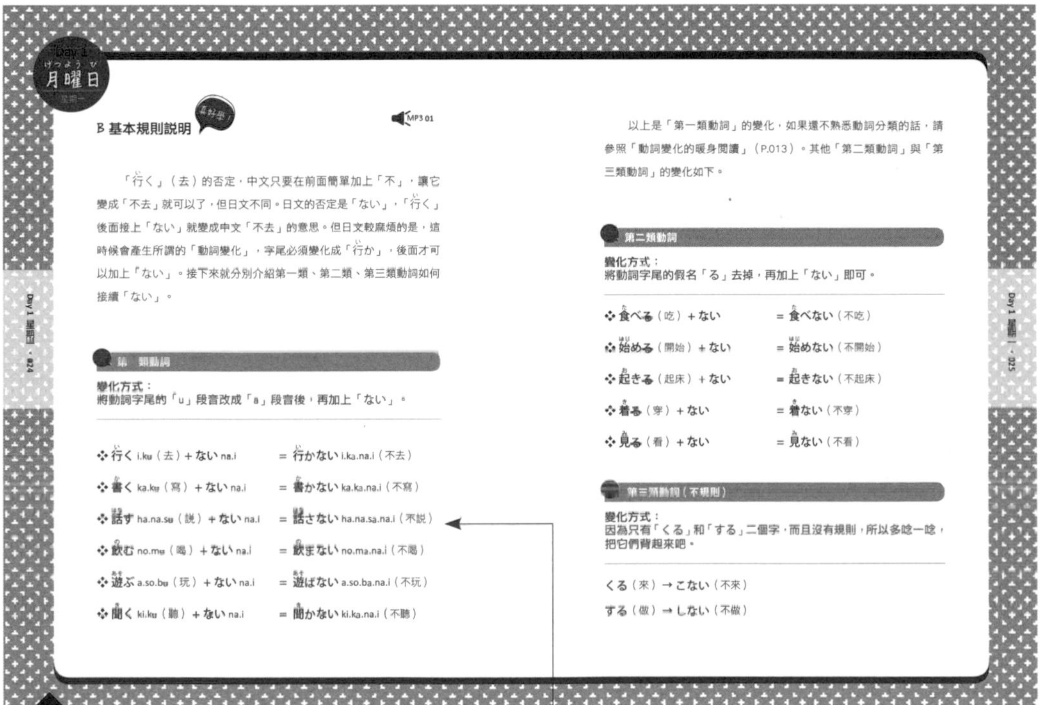

Day 1 月曜日 星期一

B 基本規則說明 真好學！ MP3 01

「行く」（去）的否定，中文只要在前面簡單加上「不」，讓它變成「不去」就可以了，但日文不同。日文的否定是「ない」，「行く」後面接上「ない」就變成中文「不去」的意思。但日文較麻煩的是，這時候會產生所謂的「動詞變化」，字尾必須變化成「行か」，後面才可以加上「ない」。接下來就分別介紹第一類、第二類、第三類動詞如何接續「ない」。

第一類動詞

變化方式：
將動詞字尾的「u」段音改成「a」段音後，再加上「ない」。

❖ 行く i.ku（去）+ ない na.i　＝ 行かない i.ka.na.i（不去）
❖ 書く ka.ku（寫）+ ない na.i　＝ 書かない ka.ka.na.i（不寫）
❖ 話す ha.na.su（說）+ ない na.i　＝ 話さない ha.na.sa.na.i（不說）
❖ 飲む no.mu（喝）+ ない na.i　＝ 飲まない no.ma.na.i（不喝）
❖ 遊ぶ a.so.bu（玩）+ ない na.i　＝ 遊ばない a.so.ba.na.i（不玩）
❖ 聞く ki.ku（聽）+ ない na.i　＝ 聞かない ki.ka.na.i（不聽）

以上是「第一類動詞」的變化，如果還不熟悉動詞分類的話，請參照「動詞變化的暖身閱讀」（P.013）。其他「第二類動詞」與「第三類動詞」的變化如下。

第二類動詞

變化方式：
將動詞字尾的假名「る」去掉，再加上「ない」即可。

❖ 食べる（吃）+ ない　＝ 食べない（不吃）
❖ 始める（開始）+ ない　＝ 始めない（不開始）
❖ 起きる（起床）+ ない　＝ 起きない（不起床）
❖ 着る（穿）+ ない　＝ 着ない（不穿）
❖ 見る（看）+ ない　＝ 見ない（不看）

第三類動詞（不規則）

變化方式：
因為只有「くる」和「する」二個字，而且沒有規則，所以多唸一唸，把它們背起來吧。

くる（來）→ こない（不來）
する（做）→ しない（不做）

## 步驟 2：

## 學習動詞形態的各類動詞變化

學習動詞的重頭戲，就是要知道如何做變化。本書採用條列方式，輔以精準俐落的說明，以及羅馬拼音的輔助教學，讓讀者一目瞭然，迅速知道如何做變化！

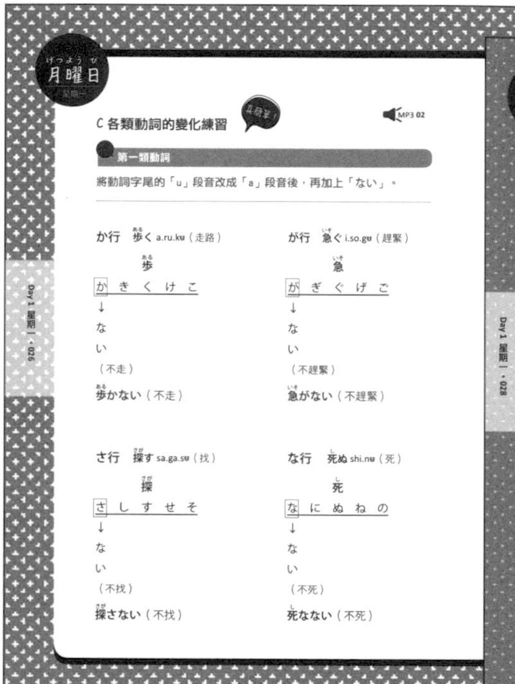

月曜日 星期一

C 各類動詞的變化練習 真簡單！ MP3 02

第一類動詞

將動詞字尾的「u」段音改成「a」段音後，再加上「ない」。

か行 歩く a.ru.ku（走路）
歩
か き く け こ
↓
ない
（不走）
歩かない（不走）

が行 急ぐ i.so.gu（趕緊）
急
が ぎ ぐ げ ご
↓
ない
（不趕緊）
急がない（不趕緊）

さ行 探す sa.ga.su（找）
探
さ し す せ そ
↓
ない
（不找）
探さない（不找）

な行 死ぬ shi.nu（死）
死
な に ぬ ね の
↓
ない
（不死）
死なない（不死）

Day 1 星期一 • 026

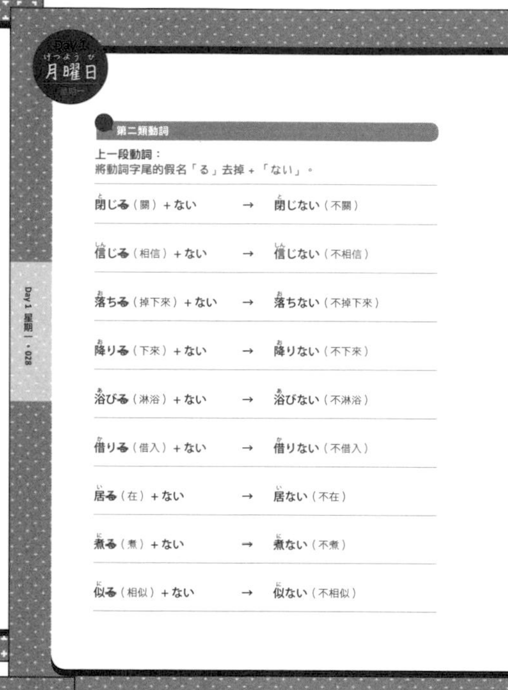

Day 1 月曜日 星期一

第二類動詞

上一段動詞：
將動詞字尾的假名「る」去掉＋「ない」。

| | | |
|---|---|---|
| 閉じる（關）＋ない | → | 閉じない（不關） |
| 信じる（相信）＋ない | → | 信じない（不相信） |
| 落ちる（掉下來）＋ない | → | 落ちない（不掉下來） |
| 降りる（下來）＋ない | → | 降りない（不下來） |
| 浴びる（淋浴）＋ない | → | 浴びない（不淋浴） |
| 借りる（借入）＋ない | → | 借りない（不借入） |
| 居る（在）＋ない | → | 居ない（不在） |
| 煮る（煮）＋ない | → | 煮ない（不煮） |
| 似る（相似）＋ない | → | 似ない（不相似） |

Day 1 星期一 • 028

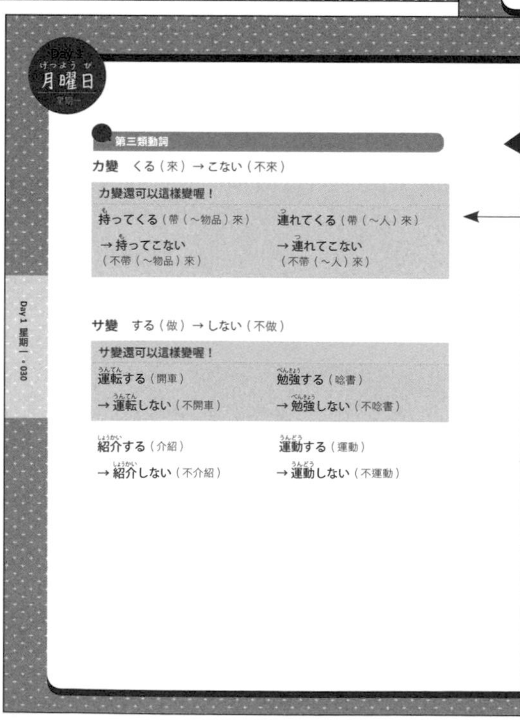

Day 1 月曜日 星期一

第三類動詞

カ變 くる（來）→こない（不來）

カ變還可以這樣變喔！
持ってくる（帶（～物品）來）
→持ってこない（不帶（～物品）來）
連れてくる（帶（～人）來）
→連れてこない（不帶（～人）來）

サ變 する（做）→しない（不做）

サ變還可以這樣變喔！
運転する（開車）
→運転しない（不開車）
勉強する（唸書）
→勉強しない（不唸書）
紹介する（介紹）
→紹介しない（不介紹）
運動する（運動）
→運動しない（不運動）

Day 1 星期一 • 030

## 步驟 3：

## 自我練習動詞形態的各類動詞變化

學習動詞最怕只是看得懂，因為看懂就忘等於沒有學會。本書為了讓讀者在學習上一次到位，特別做了練習單元，用表格化的方式總整理，讓讀者反覆練習，將動詞變化牢記在心！

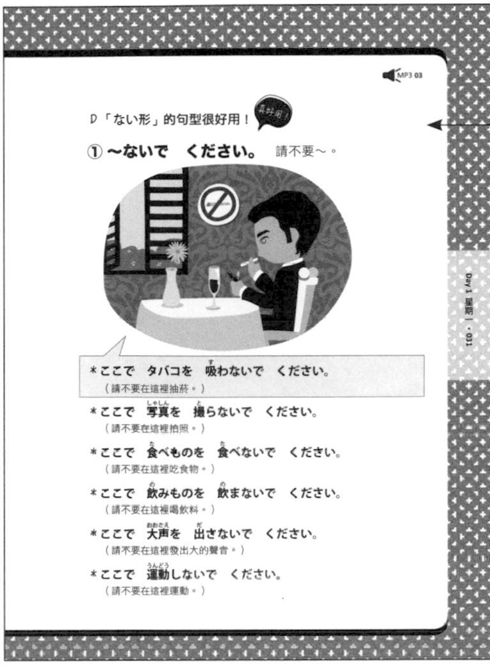

MP3 03

D「ない形」的句型很好用！真好用！

① ～ないで　ください。　請不要～。

＊ここで　タバコを　吸わないで　ください。
（請不要在這裡抽菸。）

＊ここで　写真を　撮らないで　ください。
（請不要在這裡拍照。）

＊ここで　食べものを　食べないで　ください。
（請不要在這裡吃食物。）

＊ここで　飲みものを　飲まないで　ください。
（請不要在這裡喝飲料。）

＊ここで　大声を　出さないで　ください。
（請不要在這裡發出大的聲音。）

＊ここで　運動しないで　ください。
（請不要在這裡運動。）

Day 1 星期一・031

## 步驟 4：

## 延伸學習動詞形態的各種相關句型

知道動詞的形態，最終的目的當然就是要運用在句型上。本書每學完一種形態，立刻羅列一切相關句型，而這些句型，還是日語檢定中經常出現的考題。除此之外，每個句型舉出最生活化的例句，並附上中文翻譯。這些句型和例句，不僅是日文造句的最佳範本，也可以運用在日常生活會話上！

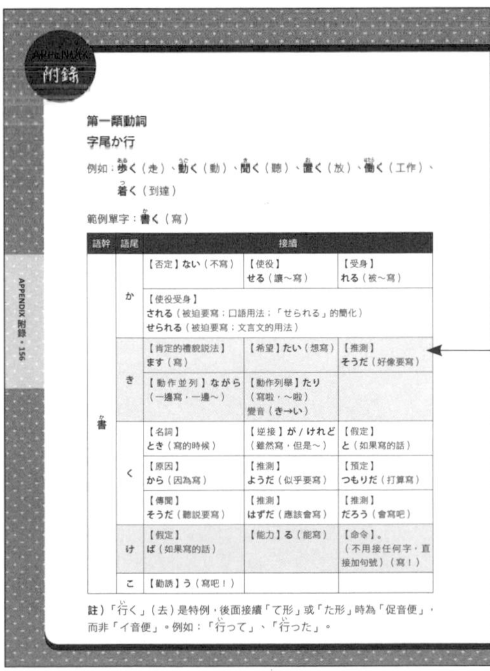

APPENDIX 附錄

第一類動詞

字尾か行

例如：歩く（走）、動く（動）、聞く（聽）、置く（放）、働く（工作）、着く（到達）

範例單字：書く（寫）

| 語幹 | 語尾 | 接續 | | |
|---|---|---|---|---|
| 書 | か | 【否定】ない（不寫） | 【使役】せる（讓～寫） | 【受身】れる（被～寫） |
| | | 【使役受身】される（被迫要寫；口語用法；「せられる」的簡化）せられる（被迫要寫；文言文的用法） | | |
| | き | 【肯定的禮貌説法】ます（寫） | 【希望】たい（想寫） | 【推測】そうだ（好像要寫） |
| | | 【動作並列】ながら（一邊寫，一邊～） | 【動作列舉】たり（寫啦，～啦）變音（き→い） | |
| | く | 【名詞】とき（寫的時候） | 【逆接】が / けれど（雖然寫，但是～） | 【假定】と（如果寫的話） |
| | | 【原因】から（因為寫） | 【推測】ようだ（似乎要寫） | 【預定】つもりだ（打算寫） |
| | | 【傳聞】そうだ（聽説要寫） | 【推測】はずだ（應該會寫） | 【推測】だろう（會寫吧） |
| | け | 【假定】ば（如果寫的話） | 【能力】る（能寫） | 【命令】。（不用接任何字，直接加句號）（寫！） |
| | こ | 【勸誘】う（寫吧！） | | |

註）「行く」（去）是特例，後面接續「て形」或「た形」時為「促音便」，而非「イ音便」。例如：「行って」、「行った」。

APPENDIX 附錄・156

## 步驟 5：

## 附錄統合整理各類動詞變化

學完本書的 11 種形態之後，為方便讀者記憶和複習，特別在附錄整理了各類動詞變化，不僅易學習也好記！把動詞和句型整理得這麼清楚的，只有本書！只要學好動詞，你就是日語達人！

CONTENTS
# 目次

作者序 ........P002

如何使用本書 ........P006

Day 0
## 前言　動詞變化的暖身閱讀

A 日語動詞的基本知識 ........P014

B 第一類動詞 ........P015

C 第二類動詞 ........P016

D 第三類動詞 ........P020

E 動詞的簡易變化表 ........P021

Day 1
## 月曜日（げつようび）　星期一

A 學習目標：ない形 ........P023

B 基本規則說明 ........P024

C 各類動詞的變化練習 ........P026

D「ない形」的句型很好用！ ........P031

Day 2
## 火曜日（かようび）　星期二

A 學習目標：ます形 ........P039

B 基本規則說明 ........P040

C 各類動詞的變化練習 ........P042

D「ます形」的句型很好用！ ........P047

Day 3

## 水曜日（すいようび）　星期三


A 學習目標：辭書形 ........P055

B 基本規則說明 ........P056

C 各類動詞的變化練習 ........P058

D「辭書形」的句型很好用！ ........P063


Day 4

## 木曜日（もくようび）　星期四


A 學習目標：て形、た形 ........P077

B 基本規則說明 ........P078

C 各類動詞的變化練習 ........P081

D「て形」的句型很好用！ ........P087

E「た形」的句型很好用！ ........P101


Day 5

## 金曜日（きんようび）　星期五


A 學習目標：可能形、假定形 ........P107

B 基本規則說明 ........P108

C 各類動詞的變化練習 ........P110

D「可能形」的句型很好用！ ........P115

E「假定形」的句型很好用！ ........P121

## 目次

Day 6

土曜日（どようび）　星期六

A 學習目標：意向形 ........P123

B 基本規則說明 ........P124

C 各類動詞的變化練習 ........P126

D「意向形」的句型很好用！ ........P131

Day 7

日曜日（にちようび）　星期日

A 學習目標：使役形、受身形、使役受身形 ........P137

B 基本規則說明 ........P138

C 各類動詞的變化練習 ........P141

D「使役形」的句型很好用！ ........P147

E「受身形」的句型很好用！ ........P151

F「使役受身形」的句型很好用！ ........P153

附錄

統合整理（各類動詞變化）........P155

Day 0

# 前言

## 動詞變化的暖身閱讀

在開始正式學習之前，

讓我們先對日語動詞有個基本認識吧！

## A 日語動詞的基本知識

### 1. 動詞放在句子裡的哪一個位置？

→ 通常都放在句子的最後面。

例如）わたしは　ごはんを　食(た)べます。（我要吃飯。）

雨(あめ)が　降(ふ)ります。（下雨。）

從上面例句就可以發現，日語的動詞是放在句子的最後面喔！

### 2.「音便」是什麼？

→ 它是指日語句子中，為了方便發音而以某種音取代原音的現象，有「イ音便」、「促音便」、「鼻音便」等。別擔心這些專有名詞，後面都有詳細的介紹喔！

### 3. 動詞有哪些形態？

→ 有「敬體」與「常體」二種。「敬體」就是「ます形」，與老師或上司等地位較高的人說話時使用，是較為尊敬的用法；「常體」為普通說法，與朋友或家人等輩份相同或較低者說話時使用。就來看看下面的例子吧！

動詞時態：

| | 敬體 | 常體 |
|---|---|---|
| 現在 | 行(い)きます（去） | 行(い)く（去） |
| 現在否定 | 行(い)きません（不去） | 行(い)かない（不去） |
| 過去 | 行(い)きました（去了） | 行(い)った（去了） |
| 過去否定 | 行(い)きませんでした（沒有去） | 行(い)かなかった（沒有去） |

### 4. 動詞分類有哪些？

→ 日語的動詞，可以分成「第一類動詞」（= 五段動詞）、「第二類動詞」（= 上、下一段動詞）、「第三類動詞」（= 力變、サ變動詞；不規則動詞）三大類。學日語動詞，如果不知道動詞的分類，便無法做動詞變化，所以接下來，就一一詳細介紹這些分類吧！

## B 第一類動詞

哪些動詞是屬於第一類動詞呢？我們可以先去除「第三類動詞」（= 力變、サ變動詞；不規則動詞）「くる」、「する」的可能性，接下來看看漢字後面的平假名不是以「る」結尾的動詞，這些都是第一類動詞。

例如）「**行く**」（去）、「**飲む**」（喝）、「**買う**」（買）、
「**話す**」（說）、「**待つ**」（等待）。

參考變化：

| ない形 | ます形 | 辭書形 | 假定形 | 意向形 |
|---|---|---|---|---|
| **行かない**<br>（不去） | **行きます**<br>（現在肯定；去）<br>**行きません**<br>（現在否定；不去）<br>**行きました**<br>（過去肯定；去了）<br>**行きませんでした**<br>（過去否定；過去沒有去） | **行く**<br>（去） | **行けば**<br>（去的話） | **行こう**<br>（去吧） |

| ない形 | ます形 | 辭書形 | 假定形 | 意向形 |
|---|---|---|---|---|
| 飲(の)まない（不喝） | 飲(の)みます（喝）<br>飲(の)みません（不喝）<br>飲(の)みました（喝了）<br>飲(の)みませんでした（過去沒有喝） | 飲(の)む（喝） | 飲(の)めば（喝的話） | 飲(の)もう（喝吧） |

**註）**第一類動詞結合適當詞彙之後，會有各種意義。例如上述的「去」和「喝」這二個動詞，如果用它的辭書形做變化，分別將「行(い)く」語尾的「く」變成「か・き・く・け・こ」；「飲(の)む」語尾的「む」變成「ま・み・む・め・も」，然後再結合適當詞彙，便分別代表「否定・想要・似乎・能力・勸誘」等意義。

## C 第二類動詞

絕大多數在一個漢字後有二個平假名字母的動詞，有「上一段動詞」與「下一段動詞」二種。

例如）上一段動詞：「**起(お)きる**」（起來）。

下一段動詞：「**食(た)べる**」（吃）、「**開(あ)ける**」（開）、「**忘(わす)れる**」（忘記）。

參考變化：

| ない形 | ます形 | 辭書形 | 假定形 | 意向形 |
| --- | --- | --- | --- | --- |
| 食べない<br>（不吃） | 食べます<br>（吃）<br>食べません<br>（不吃）<br>食べました<br>（吃了）<br>食べませんでした<br>（過去沒有吃） | 食べる<br>（吃） | 食べれば<br>（吃的話） | 食べよう<br>（吃吧） |
| 起きない<br>（不起床） | 起きます<br>（起床）<br>起きません<br>（不起床）<br>起きました<br>（起床了）<br>起きませんでした<br>（過去沒有起床） | 起きる<br>（起床） | 起きれば<br>（起床的話） | 起きよう<br>（起床吧） |

但也有漢字後面只有一個平假名字母這樣的例外，辨別方法如下。

「上一段動詞」的例外：第一個平假名為「イ段（i）音」，也就是「い、き、し、ち、に、ひ、み、い、り、ぎ、じ、ぢ、び」這些音，然後第二個平假名為「る」時，這也算是第二類動詞。

例如）「**見る**」（看）、「**着る**」（穿）、「**居る**」（在，通常寫「**いる**」）、「**煮る**」（煮）。

參考變化：

| ない形 | ます形 | 辭書形 | 假定形 | 意向形 |
|---|---|---|---|---|
| **見ない**<br>（不看） | **見ます**<br>（看）<br>**見ません**<br>（不看）<br>**見ました**<br>（看了）<br>**見ませんでした**<br>（過去沒有看） | **見る**<br>（看） | **見れば**<br>（看的話） | **見よう**<br>（看吧） |
| **着ない**<br>（不穿） | **着ます**<br>（穿）<br>**着ません**<br>（不穿）<br>**着ました**<br>（穿了）<br>**着ませんでした**<br>（過去沒有穿） | **着る**<br>（穿） | **着れば**<br>（穿的話） | **着よう**<br>（穿吧） |

「下一段動詞」的例外：第一個平假名為「エ段（e）音」，也就是「え、け、せ、て、ね、へ、め、れ、げ、ぜ、で、べ」這些音，然後第二個平假名為「る」時，這也算是第二類動詞。

例如）「**出る**」（出來）、「**寝る**」（睡覺）、「**得る**」（得到）、
「**減る**」（減少）。

參考變化：

| ない形 | ます形 | 辭書形 | 假定形 | 意向形 |
|---|---|---|---|---|
| **出ない**<br>（不出來） | **出ます**<br>（出來）<br>**出ません**<br>（不出來）<br>**出ました**<br>（出來了）<br>**出ませんでした**<br>（過去沒有出來） | **出る**<br>（出來） | **出れば**<br>（出來的話） | **出よう**<br>（出來吧） |
| **寝ない**<br>（不睡覺） | **寝ます**<br>（睡覺）<br>**寝ません**<br>（不睡覺）<br>**寝ました**<br>（睡覺了）<br>**寝ませんでした**<br>（過去沒有睡覺） | **寝る**<br>（睡覺） | **寝れば**<br>（睡覺的話） | **寝よう**<br>（睡覺吧） |

## D 第三類動詞

第三類動詞只有「カ變」與「サ變」二種而已，所以很容易分得出來。但是它們不像第一類以及第二類動詞那樣，在連接助動詞時有規則變化，因此必須另外整理。先來看看第三類動詞有哪些字。

「**カ變**」：只有「くる」（來）這一個。

「**サ變**」：只有「する」（做）這一個。

參考變化：

| ない形 | ます形 | 辭書形 | 假定形 | 意向形 |
|---|---|---|---|---|
| こない<br>（不來） | きます<br>（來）<br>きません<br>（不來）<br>きました<br>（來了）<br>きませんでした<br>（過去沒有來） | くる<br>（來） | くれば<br>（來的話） | こよう<br>（來吧） |
| しない<br>（不做） | します<br>（做）<br>しません<br>（不做）<br>しました<br>（做了）<br>しませんでした<br>（過去沒有做） | する<br>（做） | すれば<br>（做的話） | しよう<br>（做吧） |

## Ɛ 動詞的簡易變化表

接下來為大家做總整理，看看動詞有哪些活用，以及活用後的動詞後面可以接續哪些詞彙，以及分別可以表達哪些意義。

參考變化：

| 活用 | 後接語 | 表示意義 |
|---|---|---|
| ない形 | ない<br>せる<br>れる | 否定（不～）<br>使役（讓～）<br>被動（被～） |
| ます形 | ます<br>たい<br>そうだ<br>ながら<br>たり | 肯定的禮貌說法<br>希望（想要～）<br>推測（好像～）<br>動作並列（一邊～，一邊～）<br>動作列舉（～啦，～啦） |
| 辭書形 | とき<br>が / けれど<br>と<br>から<br>ようだ<br>つもりだ<br>そうだ<br>はずだ<br>だろう | 名詞（～的時候）<br>逆接（但是～）<br>假定（如果～的話）<br>原因（因為～）<br>推測（似乎～）<br>預定（打算～）<br>傳聞（聽說～）<br>推測（應該～）<br>推測（～吧） |
| 假定形<br>能力形 | ば<br>る<br>× | 假定（如果～的話）<br>能力（能～）<br>命令（！） |
| 意向形 | う | 勸誘（～吧！） |

がんばって！
(加油！)

# Day 1

げつようび
# 月曜日

星期一

真清楚！

## A 學習目標：ない形

MP3 01

「～ない」相當於中文的「不～」，為敬體「～ません」之常體表現。因此用這個「ない形」，可以表達多種否定的說法喔。

## B 基本規則說明 真好學！

MP3 01

「行く」（去）的否定，中文只要在前面簡單加上「不」，讓它變成「不去」就可以了，但日文不同。日文的否定是「ない」，「行く」後面接上「ない」就變成中文「不去」的意思。但日文較麻煩的是，這時候會產生所謂的「動詞變化」，字尾必須變化成「行か」，後面才可以加上「ない」。接下來就分別介紹第一類、第二類、第三類動詞如何接續「ない」。

### 第一類動詞

**變化方式：**
**將動詞字尾的「u」段音改成「a」段音後，再加上「ない」。**

- 行く i.k~~u~~（去）＋ない na.i　＝ 行かない i.ka.na.i（不去）
- 書く ka.k~~u~~（寫）＋ない na.i　＝ 書かない ka.ka.na.i（不寫）
- 話す ha.na.s~~u~~（說）＋ない na.i　＝ 話さない ha.na.sa.na.i（不說）
- 飲む no.m~~u~~（喝）＋ない na.i　＝ 飲まない no.ma.na.i（不喝）
- 遊ぶ a.so.b~~u~~（玩）＋ない na.i　＝ 遊ばない a.so.ba.na.i（不玩）
- 聞く ki.k~~u~~（聽）＋ない na.i　＝ 聞かない ki.ka.na.i（不聽）

以上是「第一類動詞」的變化，如果還不熟悉動詞分類的話，請參照「動詞變化的暖身閱讀」（P.013）。其他「第二類動詞」與「第三類動詞」的變化如下。

## 第二類動詞

**變化方式：**
**將動詞字尾的假名「る」去掉，再加上「ない」即可。**

---

❖ **食(た)べ~~る~~**（吃）＋**ない** ＝ **食(た)べない**（不吃）

❖ **始(はじ)め~~る~~**（開始）＋**ない** ＝ **始(はじ)めない**（不開始）

❖ **起(お)き~~る~~**（起床）＋**ない** ＝ **起(お)きない**（不起床）

❖ **着(き)~~る~~**（穿）＋**ない** ＝ **着(き)ない**（不穿）

❖ **見(み)~~る~~**（看）＋**ない** ＝ **見(み)ない**（不看）

## 第三類動詞（不規則）

**變化方式：**
**因為只有「くる」和「する」二個字，而且沒有規則，所以多唸一唸，把它們背起來吧。**

---

**くる**（來）→ **こない**（不來）

**する**（做）→ **しない**（不做）

## C 各類動詞的變化練習

真簡單！

MP3 02

### 第一類動詞

將動詞字尾的「u」段音改成「a」段音後，再加上「ない」。

か行　歩く(ある) a.ru.ku（走路）

歩(ある)

か　き　く　け　こ

↓

な

い

（不走）

歩(ある)かない（不走）

が行　急ぐ(いそ) i.so.gu（趕緊）

急(いそ)

が　ぎ　ぐ　げ　ご

↓

な

い

（不趕緊）

急(いそ)がない（不趕緊）

さ行　探す(さが) sa.ga.su（找）

探(さが)

さ　し　す　せ　そ

↓

な

い

（不找）

探(さが)さない（不找）

な行　死ぬ(し) shi.nu（死）

死(し)

な　に　ぬ　ね　の

↓

な

い

（不死）

死(し)なない（不死）

ば行　運(はこ)ぶ ha.ko.bu（搬運）

運(はこ)

ば　び　ぶ　べ　ぼ

↓

な

い

（不搬）

運(はこ)ばない（不搬）

ま行　読(よ)む yo.mu（唸）

読(よ)

ま　み　む　め　も

↓

な

い

（不唸）

読(よ)まない（不唸）

ら行　帰(かえ)る ka.e.ru（回去）

帰(かえ)

ら　り　る　れ　ろ

↓

な

い

（不回去）

帰(かえ)らない（不回去）

わ行　買(か)う ka.u（買）

買(か)

わ（い）（う）（え）を＝お

↓

な

い

（不買）

買(か)わない（不買）

## 第二類動詞

**上一段動詞：**
**將動詞字尾的假名「る」去掉＋「ない」。**

閉(と)じ~~る~~（關）＋ない → 閉(と)じない（不關）

信(しん)じ~~る~~（相信）＋ない → 信(しん)じない（不相信）

落(お)ち~~る~~（掉下來）＋ない → 落(お)ちない（不掉下來）

降(お)り~~る~~（下來）＋ない → 降(お)りない（不下來）

浴(あ)び~~る~~（淋浴）＋ない → 浴(あ)びない（不淋浴）

借(か)り~~る~~（借入）＋ない → 借(か)りない（不借入）

居(い)~~る~~（在）＋ない → 居(い)ない（不在）

煮(に)~~る~~（煮）＋ない → 煮(に)ない（不煮）

似(に)~~る~~（相似）＋ない → 似(に)ない（不相似）

**下一段動詞：**
**將動詞字尾的假名「る」去掉＋「ない」。**

答(こた)え~~る~~（回答）＋ない　→　答(こた)えない（不回答）

考(かんが)え~~る~~（考慮）＋ない　→　考(かんが)えない（不考慮）

教(おし)え~~る~~（教）＋ない　→　教(おし)えない（不教）

入(い)れ~~る~~（放入）＋ない　→　入(い)れない（不放入）

忘(わす)れ~~る~~（忘記）＋ない　→　忘(わす)れない（不忘記）

受(う)け~~る~~（接受）＋ない　→　受(う)けない（不接受）

捨(す)て~~る~~（丟掉）＋ない　→　捨(す)てない（不丟掉）

寝(ね)~~る~~（睡覺）＋ない　→　寝(ね)ない（不睡覺）

決(き)め~~る~~（決定）＋ない　→　決(き)めない（不決定）

出(で)~~る~~（出來）＋ない　→　出(で)ない（不出來）

## 第三類動詞

**カ變**　くる（來）→こない（不來）

**カ變還可以這樣變喔！**

**持(も)ってくる**（帶（～物品）來）
→**持(も)ってこない**
（不帶（～物品）來）

**連(つ)れてくる**（帶（～人）來）
→**連(つ)れてこない**
（不帶（～人）來）

**サ變**　する（做）→しない（不做）

**サ變還可以這樣變喔！**

**運転(うんてん)する**（開車）
→**運転(うんてん)しない**（不開車）

**勉強(べんきょう)する**（唸書）
→**勉強(べんきょう)しない**（不唸書）

**紹介(しょうかい)する**（介紹）
→**紹介(しょうかい)しない**（不介紹）

**運動(うんどう)する**（運動）
→**運動(うんどう)しない**（不運動）

## D「ない形」的句型很好用！真好用！

### ① ～ないで　ください。　請不要～。

**＊ここで　タバコを　吸(す)わないで　ください。**
（請不要在這裡抽菸。）

**＊ここで　写真(しゃしん)を　撮(と)らないで　ください。**
（請不要在這裡拍照。）

**＊ここで　食(た)べものを　食(た)べないで　ください。**
（請不要在這裡吃食物。）

**＊ここで　飲(の)みものを　飲(の)まないで　ください。**
（請不要在這裡喝飲料。）

**＊ここで　大声(おおごえ)を　出(だ)さないで　ください。**
（請不要在這裡發出大的聲音。）

**＊ここで　運動(うんどう)しないで　ください。**
（請不要在這裡運動。）

MP3 04

## ② ～ないほうが　いいです。　最好不要～。

＊あまり　食(た)べないほうが　いいです。
（最好不要吃那麼多。）

＊機械(きかい)に　触(さわ)らないほうが　いいです。
（最好不要碰機器。）

＊お酒(さけ)は　あまり　飲(の)まないほうが　いいです。
（最好不要喝那麼多酒。）

＊タバコは　あまり　吸(す)わないほうが　いいです。
（最好不要抽那麼多菸。）

＊子(こ)どもは　ここで　遊(あそ)ばないほうが　いいです。
（小孩最好不要在這裡玩。）

＊台風(たいふう)の　日(ひ)は　車(くるま)を　運転(うんてん)しないほうが　いいです。
（颱風天最好不要開車。）

MP3 05

## ③ ～ないつもりです。　打算不～。

*もう　買わないつもりです。
（打算再也不買。）

*わたしは　結婚しないつもりです。
（我打算不結婚。）

*日よう日は　どこにも　行かないつもりです。
（星期日打算哪裡都不去。）

*今日は　もう　食べないつもりです。
（今天打算再也不要吃。）

*夏休みは　アルバイトを　しないつもりです。
（暑假打算不打工。）

*週末は　料理しないつもりです。
（週末打算不做菜。）

MP3 06

## ④ ～ないように　して　ください。

（設法）不做～。

＊授業中は　話さないように　して　ください。

（上課中請不要說話。）

＊ボールペンで　書かないように　して　ください。

（請不要用原子筆寫。）

＊明日は　ぜったい　遅刻しないように　して　ください。

（明天請絕對不要遲到。）

＊教科書に　らくがきを　しないように　して　ください。

（請不要在教科書上塗鴉。）

＊テストの　とき、人の　答えを　見ないように　して　ください。

（考試時，請不要看別人的答案。）

＊勝手に　予約しないように　して　ください。

（請不要隨便預訂。）

## ⑤ ～ないことも　ありません。

不能不覺得～；不能不説～。（有那樣的可能性）

＊台風(たいふう)が　こないことも　ありません。

（不能不覺得颱風不會來。）= 颱風也許會來。

＊学校(がっこう)を　やめないことも　ありません。

（不能不説不會退學。）= 也許會退學。

＊教授(きょうじゅ)は　ぜんぜん　笑(わら)わないことも　ありません。

（不能不説教授完全不會笑。）= 偶爾教授會笑。

＊わたしは　会社(かいしゃ)を　休(やす)まないことも　ありません。

（不能不説我不向公司請假。）= 也許我會向公司請假。

＊わたしは　もうすぐ　結婚(けっこん)しないことも　ありません。

（不能不説我不快要結婚。）= 也許我快要結婚。

＊来週(らいしゅう)は　彼氏(かれし)を　連(つ)れてこないことも　ありません。

（不能不説下星期不帶男朋友來。）= 也許下星期帶男朋友來。

MP3 08

## ⑥～ないでは　いられません。　不能不～。

＊生（い）きるために　働（はたら）かないでは　いられません。
（為了生活不能不工作。）

＊悲（かな）しくて　泣（な）かないでは　いられません。
（因難過而不能不哭。）

＊彼（かれ）に　話（はな）さないでは　いられません。
（對他不能不說。）

＊おかしくて　笑（わら）わないでは　いられません。
（因好笑而不能不笑。）

＊子（こ）どもの　問題（もんだい）は　悩（なや）まないでは　いられません。
（孩子的問題不能不煩惱。）

＊この話（はなし）は　感動（かんどう）しないでは　いられません。
（這件事不能不感動。）

## ⑦ ～ないと　だめです。　必須；應該；非～不可。

＊もっと　本(ほん)を　読(よ)まないと　だめです。
（不多看書不可。）

＊病気(びょうき)の　ときは　休(やす)まないと　だめです。
（生病時非休息不可。）

＊人間(にんげん)は　寝(ね)ないと　だめです。
（人類非睡覺不可。）

＊子(こ)どもは　きびしく　教(おし)えないと　だめです。
（孩子非嚴格管教不可。）

＊たくさん　勉強(べんきょう)しないと　だめです。
（不多唸書不可。）

＊会社(かいしゃ)を　休(やす)むときは　連絡(れんらく)しないと　だめです。
（向公司請假時非聯絡不可。）

## ⑧～ないとも　かぎりません。

不見得不～；說不定～。

＊若（わか）い人（ひと）は　死（し）なないとも　かぎりません。
（年輕人不見得不會死。）

＊最近（さいきん）は　泥棒（どろぼう）に　入（はい）られないとも　かぎりません。
（最近不見得不會被小偷闖空門。）

＊もう　二度（にど）と　会（あ）わないとも　かぎりません。
（不見得再也不會見面。）

＊アメリカに　行（い）かないとも　かぎりません。
（不見得不去美國。）

＊先生（せんせい）が　突然（とつぜん）　こないとも　かぎりません。
（不見得老師突然不來。）

＊社長（しゃちょう）が　自分（じぶん）で　案内（あんない）しないとも　かぎりません。
（不見得社長自己不引導。）

Day 2

# 火曜日（かようび）

星期二

真清楚！

## A 學習目標：ます形

MP3 11

把「ます」接在動詞的後面，表示說話者對聽話者的敬意，也就是敬體的現在肯定式。用這個「ます形」，除了可以表達多種禮貌的說法之外，也可以表達「猜測、勸誘、希望、命令」等說法喔。

## B 基本規則説明 真好學！

MP3 11

中文的「去」就是「去」，但是日文的說法卻有很多種。例如「行く」（原形、辭書形），辭典上查得到的就是這種形態，但你也有可能在日語教材上看到「行きます」，這就是所謂的「ます形」。這個單元要學的就是「ます形」，它比動詞原形顯得較禮貌、尊敬，所以當遇到對方（聽話者）是上司或長輩等須表示禮貌的人時，就要用「ます形」。而許多日語教材一開始都採用先學習「ます形」，其理由也是如此，因為用這個最安全又不失禮。接下來就分別介紹第一類、第二類、第三類動詞如何變化成「ます形」。

### 第一類動詞

**變化方式：**
**將動詞字尾的「u」段音改成「i」段音後，再加上「ます」。**

---

❖行く i.k~~u~~（去）＋ます ma.su ＝ 行きます i.ki.ma.su（去 ▶敬體）

❖書く ka.k~~u~~（寫）＋ます ma.su ＝ 書きます ka.ki.ma.su（寫 ▶敬體）

❖話す ha.na.s~~u~~（說）＋ます ma.su ＝ 話します ha.na.shi.ma.su（說 ▶敬體）

❖飲む no.m~~u~~（喝）＋ます ma.su ＝ 飲みます no.mi.ma.su（喝 ▶敬體）

❖遊ぶ a.so.b~~u~~（玩）＋ます ma.su ＝ 遊びます a.so.bi.ma.su（玩 ▶敬體）

❖聞く ki.k~~u~~（聽）＋ます ma.su ＝ 聞きます ki.ki.ma.su（聽 ▶敬體）

以上是「第一類動詞」的變化，如果還不熟悉動詞分類的話，請參照「動詞變化的暖身閱讀」（P.013）。其他「第二類動詞」與「第三類動詞」的變化如下。

## 第二類動詞

**變化方式：**
**將動詞字尾的假名「る」去掉，再加上「ます」即可。**

- 食べ~~る~~（吃）＋ます　＝食べます（吃▶敬體）
- 始め~~る~~（開始）＋ます　＝始めます（開始▶敬體）
- 起き~~る~~（起床）＋ます　＝起きます（起床▶敬體）
- 着~~る~~（穿）＋ます　＝着ます（穿▶敬體）
- 見~~る~~（看）＋ます　＝見ます（看▶敬體）

## 第三類動詞（不規則）

**變化方式：**
**因為只有「くる」和「する」二個字，而且沒有規則，所以多唸一唸，把它們背起來吧。**

くる（來）→きます（來▶敬體）
する（做）→します（做▶敬體）

## C 各類動詞的變化練習

真簡單！

MP3 12

### 第一類動詞

將動詞字尾的「u」段音改成「i」段音後，再加上「ます」。

か行　歩（ある）く a.ru.ku（走路）

歩（ある）

か　[き]　く　け　こ

↓

ます

（走路 ▶敬體）

歩（ある）きます（走路 ▶敬體）

が行　急（いそ）ぐ i.so.gu（趕緊）

急（いそ）

が　[ぎ]　ぐ　げ　ご

↓

ます

（趕緊 ▶敬體）

急（いそ）ぎます（趕緊 ▶敬體）

さ行　探（さが）す sa.ga.su（找）

探（さが）

さ　[し]　す　せ　そ

↓

ます

（找 ▶敬體）

探（さが）します（找 ▶敬體）

な行　死（し）ぬ shi.nu（死）

死（し）

な　[に]　ぬ　ね　の

↓

ます

（死 ▶敬體）

死（し）にます（死 ▶敬體）

ば行　運(はこ)ぶ ha.ko.b~~u~~（搬運）

運(はこ)

ば　[び]　ぶ　べ　ぼ

↓

ま

す

（搬運 ▶敬體）

運(はこ)びます（搬運 ▶敬體）

ま行　読(よ)む yo.m~~u~~（唸）

読(よ)

ま　[み]　む　め　も

↓

ま

す

（唸 ▶敬體）

読(よ)みます（唸 ▶敬體）

ら行　帰(かえ)る ka.e.r~~u~~（回去）

帰(かえ)

ら　[り]　る　れ　ろ

↓

ま

す

（回去 ▶敬體）

帰(かえ)ります（回去 ▶敬體）

わ行　買(か)う ka.~~u~~（買）

買(か)

わ　[(い)]　(う)　(え)　を＝お

↓

ま

す

（買 ▶敬體）

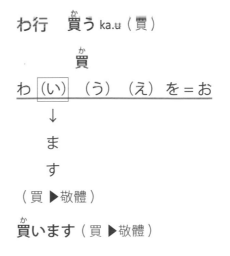

買(か)います（買 ▶敬體）

## 第二類動詞

**上一段動詞：**
**將動詞字尾的假名「る」去掉＋「ます」。**

| | | |
|---|---|---|
| 閉(と)じ~~る~~（關）＋ます | → | 閉(と)じます（關 ▶敬體） |
| 信(しん)じ~~る~~（相信）＋ます | → | 信(しん)じます（相信 ▶敬體） |
| 落(お)ち~~る~~（掉下來）＋ます | → | 落(お)ちます（掉下來 ▶敬體） |
| 降(お)り~~る~~（下來）＋ます | → | 降(お)ります（下來 ▶敬體） |
| 浴(あ)び~~る~~（淋浴）＋ます | → | 浴(あ)びます（淋浴 ▶敬體） |
| 借(か)り~~る~~（借入）＋ます | → | 借(か)ります（借入 ▶敬體） |
| 居(い)~~る~~（在）＋ます | → | 居(い)ます（在 ▶敬體） |
| 煮(に)~~る~~（煮）＋ます | → | 煮(に)ます（煮 ▶敬體） |
| 似(に)~~る~~（相似）＋ます | → | 似(に)ます（相似 ▶敬體） |

**下一段動詞：**
**將動詞字尾的假名「る」去掉 +「ます」。**

答(こた)え~~る~~（回答）+ ます → 答(こた)えます（回答 ▶敬體）

考(かんが)え~~る~~（考慮）+ ます → 考(かんが)えます（考慮 ▶敬體）

教(おし)え~~る~~（教）+ ます → 教(おし)えます（教 ▶敬體）

入(い)れ~~る~~（放入）+ ます → 入(い)れます（放入 ▶敬體）

忘(わす)れ~~る~~（忘記）+ ます → 忘(わす)れます（忘記 ▶敬體）

受(う)け~~る~~（接受）+ ます → 受(う)けます（接受 ▶敬體）

捨(す)て~~る~~（丟掉）+ ます → 捨(す)てます（丟掉 ▶敬體）

寝(ね)~~る~~（睡覺）+ ます → 寝(ね)ます（睡覺 ▶敬體）

決(き)め~~る~~（決定）+ ます → 決(き)めます（決定 ▶敬體）

出(で)~~る~~（出來）+ ます → 出(で)ます（出來 ▶敬體）

## 第三類動詞

**カ變**　くる（來）→ きます（來 ▶敬體）

**カ變還可以這樣變喔！**

**持(も)ってくる**（帶（～物品）來）
→ **持(も)ってきます**
（帶（～物品）來 ▶敬體）

**連(つ)れてくる**（帶（～人）來）
→ **連(つ)れてきます**
（帶（～人）來 ▶敬體）

**サ變**　する（做）→ します（做 ▶敬體）

**サ變還可以這樣變喔！**

**運転(うんてん)する**（開車）
→ **運転(うんてん)します**（開車 ▶敬體）

**勉強(べんきょう)する**（唸書）
→ **勉強(べんきょう)します**（唸書 ▶敬體）

**紹介(しょうかい)する**（介紹）
→ **紹介(しょうかい)します**（介紹 ▶敬體）

**運動(うんどう)する**（運動）
→ **運動(うんどう)します**（運動 ▶敬體）

**註）**學到這裡，應該已經熟悉「動詞ます形」的變化了吧。它比動詞的「原形」顯得較禮貌，因此是對任何人都可使用的形態。但是問題來了，接下來要學的「動詞ます形」的所有句型裡，都看不到「ます」這個字，為什麼呢？那是因為「ます」的後面一定要加句號「。」，如果後面還要加其他字，就得刪除「ます」才能連接。

## D「ます形」的句型很好用！真好用！

### ① ～たいです / ～たくないです。

（動詞~~ます~~＋たいです / たくないです。）

（我）想～ /（我）不想～。

＊ 来年(らいねん)、日本(にほん)に　行(い)きたいです。

（明年，（我）想去日本。）

＊ ラーメンが　食(た)べたいです。

（（我）想吃拉麵。）

＊ コーヒーが　飲(の)みたいです。

（（我）想喝咖啡。）

＊ 日本語(にほんご)が　上手(じょうず)に　なりたいです。

（（我）希望日文變厲害。）

＊ 今日(きょう)は　会社(かいしゃ)に　行(い)きたくないです。

（今天（我）不想去公司。）

＊ あの先生(せんせい)に　会(あ)いたくないです。

（（我）不想見到那位老師。）

MP3 14

## ② ～やすいです / ～にくいです。

（動詞~~ます~~＋やすいです / にくいです。）

很容易（做）～ / 很難（做）～。

＊この靴(くつ)は　歩(ある)きやすいです。

（這雙鞋子很好走。）

＊このペンは　書(か)きやすいです。

（這支筆很好寫。）

＊木村先生(きむらせんせい)の　説明(せつめい)は　分(わ)かりやすいです。

（木村老師的解釋很容易懂。）

＊友(とも)だちの　携帯(けいたい)は　使(つか)いにくいです。

（朋友的手機不好使用。）

＊弟(おとうと)の　自転車(じてんしゃ)は　乗(の)りにくいです。

（弟弟的腳踏車不好騎。）

＊田舎(いなか)は　生活(せいかつ)しにくいです。

（鄉下不易生活。）

MP3 15

## ③ ～ながら、～。

（動詞~~ます~~＋ながら、～。）一邊～，一邊～。

＊ テレビを　見(み)ながら、ご飯(はん)を　食(た)べます。

（一邊看電視，一邊吃飯。）

＊ 新聞(しんぶん)を　読(よ)みながら、お茶(ちゃ)を　飲(の)みます。

（一邊看報紙，一邊喝茶。）

＊ 音楽(おんがく)を　聴(き)きながら、走(はし)ります。

（一邊聽音樂，一邊跑步。）

＊ 歌(うた)を　歌(うた)いながら、踊(おど)ります。

（一邊唱歌，一邊跳舞。）

＊ 電話(でんわ)しながら、歩(ある)きます。

（一邊打電話，一邊走路。）

＊ 友(とも)だちと　おしゃべりしながら、帰(かえ)ります。

（與朋友一邊聊天，一邊回家。）

MP3 16

## ④ ～そうです。 / ～そうも　ありません。

### （動詞~~ます~~＋そうです / そうも　ありません。）

好像會～ / 好像不會。

＊雨(あめ)が　降(ふ)りそうです。
（好像會下雨。）

＊雷(かみなり)が　鳴(な)りそうです。
（好像會打雷。）

＊彼女(かのじょ)は　泣(な)きそうです。
（她好像會哭。）

＊荷物(にもつ)が　落(お)ちそうです。
（行李好像會掉下來。）

＊雨(あめ)は　止(や)みそうも　ありません。
（雨好像不會停。）

＊社長(しゃちょう)の　話(はなし)は　まだ　終(お)わりそうも　ありません。
（社長的話好像還不會結束。）

## ⑤ ～ましょう。

（動詞~~ます~~＋ましょう。）～吧。

＊いっしょに　ご飯(はん)を　食(た)べましょう。
（一起吃飯吧。）

＊これから　デパートに　行(い)きましょう。
（接下來去百貨公司吧。）

＊ちょっと　休(やす)みましょう。
（休息一下吧。）

＊2人(ふたり)で　ゆっくり　話(はな)しましょう。
（我們二個人慢慢談吧。）

＊部屋(へや)を　掃除(そうじ)しましょう。
（打掃房間吧。）

＊窓(まど)を　開(あ)けましょう。
（打開窗戶吧。）

MP3 18

## ⑥ ～ましょうか。

（動詞~~ます~~＋ましょうか。）

（我來）～嗎；（我來）～吧？

＊そろそろ　帰（かえ）りましょうか。

（差不多該回去吧？）

＊わたしが　洗（あら）いましょうか。

（我來洗嗎？）

＊荷物（にもつ）を　持（も）ちましょうか。

（幫你拿行李吧？）

＊代（か）わりに　言（い）いましょうか。

（替你說吧？）

＊わたしが　野菜（やさい）を　切（き）りましょうか。

（我來切蔬菜嗎？）

＊ドアを　閉（し）めましょうか。

（關門嗎？）

## ⑦ ～ませんか。

（動詞~~ます~~＋ませんか。）要不要～呢？

＊ お酒(さけ)を　飲(の)みませんか。

（要不要喝酒呢？）

＊ いっしょに　映画(えいが)を　見(み)ませんか。

（要不要一起看電影呢？）

＊ 来週(らいしゅう)、海(うみ)で　泳(およ)ぎませんか。

（下星期，要不要在海邊游泳呢？）

＊ このパソコンを　使(つか)いませんか。

（要不要使用這台電腦呢？）

＊ いっしょに　田舎(いなか)で　暮(く)らしませんか。

（要不要一起在鄉下生活呢？）

＊ 遅(おそ)いですから、もう　寝(ね)ませんか。

（因為太晚了，要不要睡覺呢？）

MP3 20

## ⑧ ～なさい。

（動詞~~ます~~＋なさい。）

（命令語氣，比「動詞命令形」更鄭重，多用於老師對學生、父母對小孩提出要求。）

＊自分の　お金で　買いなさい。

（用自己的錢買！）

＊早く　起きなさい。

（趕快起床！）

＊早く　寝なさい。

（趕快睡覺！）

＊宿題は　自分で　やりなさい。

（功課要自己做！）

＊風邪を　ひくから、上着を　着なさい。

（因為會感冒，把上衣穿上！）

＊急いで　シャワーを　浴びなさい。

（趕快淋浴！）

Day 3

すいようび
水曜日

星期三

真清楚！

## A 學習目標：辭書形

MP3 21

「辭書形」之所以被稱為「辭書形」，是因為日文字典裡呈現的就是這個形式，又被稱為「動詞原形」。用這個「辭書形」，你可以表達「推量、傳聞」等說法喔。

## B 基本規則説明 真好學！

MP3 21

「去」這個字，日文裡有二種説法，一個是「行（い）きます」，這是前面學過的「ます形」；另外一種則是「行（い）く」，這是本單元要學的「辭書形」。這二個字的意思一樣，但為什麼會有二種不同的説法呢？原因很簡單，只因為用「ます形」最安全又不失禮，而用「辭書形」除了用在口語上不禮貌外，還多用於書面文字上，或是拿來接續其他用法。所以，如果文法書上看到「辭書形 + XX」，就表示那項文法不管怎樣，都不會因時態改變而有其他變化喔。

### 第一類動詞

**分辨方式：**
**先去除「第三類動詞」（= 不規則動詞）「する」、「くる」的可能性，接下來看看漢字後面的平假名不是以「る」結尾的動詞。**

---

❖ 行（い）く i.ku（去）

❖ 書（か）く ka.ku（寫）

❖ 話（はな）す ha.na.su（説）

❖ 飲（の）む no.mu（喝）

❖ 遊（あそ）ぶ a.so.bu（玩）

❖ 聞（き）く ki.ku（聽）

## 第二類動詞

**分辨方式：**
**絕大多數是在一個漢字後有二個平假名字母的動詞，有「上一段動詞」與「下一段動詞」二種。但也有漢字後面只有一個平假名字母這樣的例外，辨別方法如下。**

▶「上一段動詞」的例外：第一個平假名為「イ段（i）音」，也就是「い、き、し、ち、に、ひ、み、い、り、ぎ、じ、ぢ、び」這些音，然後第二個平假名為「る」時，這也算是第二類動詞的辭書形。

▶「下一段動詞」的例外：第一個平假名為「エ段（e）音」，也就是「え、け、せ、て、ね、へ、め、れ、げ、ぜ、で、べ」這些音，然後第二個平假名為「る」時，這也算是第二類動詞的辭書形。

❖ **食(た)べる** ta.be.ru（吃）

❖ **始(はじ)める** ha.ji.me.ru（開始）

❖ **起(お)きる** o.ki.ru（起床）

❖ **着(き)る** ki.ru（穿）

❖ **見(み)る** mi.ru（看）

## 第三類動詞（不規則）

**分辨方式：**
**第三類動詞只有「カ變」與「サ變」二種而已，所以容易分得出來。**

**くる**（來）

**する**（做）

## C 各類動詞的變化練習

真簡單！

MP3 22

### 第一類動詞

か行　歩く（あるく）a.ru.ku（走路）

歩（ある）

か　き　[く]　け　こ

（走路）

歩く（あるく）（走路）

が行　急ぐ（いそぐ）i.so.gu（趕緊）

急（いそ）

が　ぎ　[ぐ]　げ　ご

（趕緊）

急ぐ（いそぐ）（趕緊）

さ行　探す（さがす）sa.ga.su（找）

探（さが）

さ　し　[す]　せ　そ

（找）

探す（さがす）（找）

な行　死ぬ（しぬ）shi.nu（死）

死（し）

な　に　[ぬ]　ね　の

（死）

死ぬ（しぬ）（死）

**ば行　運(はこ)ぶ** ha.ko.bu（搬運）

運(はこ)

ば　び　[ぶ]　べ　ぼ

（搬運）

運(はこ)ぶ（搬運）

**ま行　読(よ)む** yo.mu（唸）

読(よ)

ま　み　[む]　め　も

（唸）

読(よ)む（唸）

**ら行　帰(かえ)る** ka.e.ru（回去）

帰(かえ)

ら　り　[る]　れ　ろ

（回去）

帰(かえ)る（回去）

**わ行　買(か)う** ka.u（買）

買(か)

わ（い）[（う）]（え）を＝お

（買）

買(か)う（買）

## 第二類動詞

### 上一段動詞：
動詞辭書形（= 原形）

閉（と）じる to.ji.ru（關）

信（しん）じる shi.n.ji.ru（相信）

落（お）ちる o.chi.ru（掉下來）

降（お）りる o.ri.ru（下來）

浴（あ）びる a.bi.ru（淋浴）

借（か）りる ka.ri.ru（借入）

居（い）る i.ru（在）

煮（に）る ni.ru（煮）

似（に）る ni.ru（相似）

**下一段動詞：**
**動詞辭書形（= 原形）**

**答える** ko.ta.e.ru（回答）

**考える** ka.n.ga.e.ru（考慮）

**教える** o.shi.e.ru（教）

**入れる** i.re.ru（放入）

**忘れる** wa.su.re.ru（忘記）

**受ける** u.ke.ru（接受）

**捨てる** su.te.ru（丟掉）

**決める** ki.me.ru（決定）

**寝る** ne.ru（睡覺）

**出る** de.ru（出來）

## 第三類動詞

カ變　くる（來）

**カ變還可以這樣變喔！**

**持**(も)**ってくる**（帶（～物品）來）　**連**(つ)**れてくる**（帶（～人）來）

**取**(と)**ってくる**（拿（～物品）來）　**買**(か)**ってくる**（買（～物品）來）

サ變　する（做）

**サ變還可以這樣變喔！**

**運転**(うんてん)**する**（開車）　**勉強**(べんきょう)**する**（唸書）

**紹介**(しょうかい)**する**（介紹）　**運動**(うんどう)**する**（運動）

D「辭書形」的句型很好用！ 真好用！

## ① ～とき、

（辭書形＋とき、）～的時候，～

＊ ご飯(はん)を　食(た)べるとき、はしを　使(つか)います。
（吃飯的時候，使用筷子。）

＊ 学校(がっこう)に　行(い)くとき、バスに　乗(の)ります。
（去學校的時候，會搭公車。）

＊ 日本語(にほんご)を　勉強(べんきょう)するとき、辞書(じしょ)を　ひきます。
（學日語的時候，會查辭典。）

＊ 出(で)かけるとき、かぎを　しめます。
（出門的時候，會鎖鑰匙。）

＊ デートするとき、化粧(けしょう)を　します。
（約會的時候，會化妝。）

＊ 寝(ね)るとき、パジャマを　着(き)ます。
（睡覺的時候，會穿睡衣。）

MP3 24

## ② ～前に、

（辭書形＋前に、）～之前，會～

＊ご飯を　食べる前に、手を　洗います。

（吃飯之前，會洗手。）

＊会社に　行く前に、新聞を　読みます。

（去公司之前，會看報紙。）

＊コーヒーを　飲む前に、砂糖を　入れます。

（喝咖啡之前，會加糖。）

＊テレビゲームを　する前に、宿題を　します。

（打電動之前，會寫功課。）

＊写真を　撮る前に、鏡を　見ます。

（拍照之前，會照鏡子。）

＊寝る前に、歯を　みがきます。

（睡覺之前，會刷牙。）

## ③ ～でしょう。

（辭書形＋でしょう。）（大概）～吧？

＊ 明日（あした）、いっしょに　出（で）かけるでしょう。

（明天，一起出門吧？）

＊ 陳（ちん）さんも　すき焼（や）きを　食（た）べるでしょう。

（陳小姐也吃壽喜燒吧？）

＊ 来年（らいねん）は　2人（ふたり）で　日本（にほん）に　行（い）くでしょう。

（明年我們二個人去日本吧？）

＊ あなたも　宝（たから）くじを　買（か）うでしょう。

（你也買樂透吧？）

＊ 鈴木（すずき）さんも　この漫画（まんが）を　読（よ）むでしょう。

（鈴木先生也看這本漫畫吧？）

＊ 明日（あした）は　テストが　あるでしょう。

（明天有考試吧？）

MP3 26

## ④ ～つもりです。

（辭書形＋つもりです。）打算～。

＊夏休(なつやす)みに　ハワイに　行(い)くつもりです。
（暑假時打算去夏威夷。）

＊来年(らいねん)、結婚(けっこん)するつもりです。
（明年，打算結婚。）

＊明日(あした)、彼女(かのじょ)に　告白(こくはく)するつもりです。
（明天，打算向她告白。）

＊将来(しょうらい)は　エンジニアに　なるつもりです。
（將來打算當工程師。）

＊週末(しゅうまつ)、温泉(おんせん)に　行(い)くつもりです。
（週末，打算去泡溫泉。）

＊今晩(こんばん)は　早(はや)く　寝(ね)るつもりです。
（今晚打算早點睡。）

## ⑤ ～かもしれません。

（辭書形＋かもしれません。）也許～；有可能～。

＊ 明日(あした)は　雨(あめ)が　降(ふ)るかもしれません。

（明天也許會下雨。）

＊ 台風(たいふう)が　くるかもしれません。

（也許颱風會來。）

＊ 弟(おとうと)は　アメリカに　留学(りゅうがく)するかもしれません。

（也許弟弟會去美國留學。）

＊ 彼女(かのじょ)は　会社(かいしゃ)を　辞(や)めるかもしれません。

（她也許會向公司辭職。）

＊ 父(ちち)は　この家(いえ)を　売(う)るかもしれません。

（也許父親會賣掉這個家。）

＊ 来年(らいねん)は　別(べつ)の　会社(かいしゃ)で　働(はたら)くかもしれません。

（明年也許在別家公司上班。）

MP3 28

## ⑥ ～ところです。

（辭書形＋ところです。）正要～。

＊これから　出(で)かけるところです。
（現在正要出門。）

＊今(いま)から　ごはんを　食(た)べるところです。
（現在正要吃飯。）

＊今(いま)から　ビールを　飲(の)むところです。
（現在正要喝啤酒。）

＊今(いま)から　帰(かえ)るところです。
（現在正要回家。）

＊これから　宿題(しゅくだい)を　するところです。
（現在正要寫功課。）

＊これから　お皿(さら)を　洗(あら)うところです。
（現在正要洗盤子。）

## ⑦ ～ことが　できます。

### （辭書形＋ことが　できます。）

會（做）～；能（做）～。

＊ 妹（いもうと）は　ピアノを　弾（ひ）くことが　できます。
（妹妹會彈鋼琴。）

＊ 祖母（そぼ）は　英語（えいご）を　話（はな）すことが　できます。
（祖母會說英文。）

＊ 母（はは）は　フランス料理（りょうり）を　作（つく）ることが　できます。
（母親會做法國菜。）

＊ わたしは　納豆（なっとう）を　食（た）べることが　できます。
（我能吃納豆。）

＊ 祖父（そふ）は　車（くるま）を　運転（うんてん）することが　できます。
（祖父會開車。）

＊ 友（とも）だちは　自分（じぶん）で　着物（きもの）を　着（き）ることが　できます。
（朋友自己會穿和服。）

MP3 30

## ⑧ ～と　思（おも）います。

（辭書形＋と　思（おも）います。）

（我）想～；（我）覺得～；（我）認為～。

＊彼（かれ）は　ぜったい　くると　思（おも）います。

（（我）覺得他一定會來。）

＊先生（せんせい）は　図書館（としょかん）に　いると　思（おも）います。

（（我）覺得老師在圖書館。）

＊弟（おとうと）は　大学（だいがく）に　合格（ごうかく）すると　思（おも）います。

（（我）覺得弟弟會考上大學。）

＊父（ちち）は　もうすぐ　帰（かえ）ると　思（おも）います。

（（我）認為父親快要回來。）

＊雨（あめ）は　そろそろ　止（や）むと　思（おも）います。

（（我）想雨差不多要停。）

＊明日（あした）は　晴（は）れると　思（おも）います。

（（我）覺得明天會放晴。）

## ⑨ ～と　言(い)いました。

（辭書形＋と　言(い)いました。）（某人）說了：「～。」

＊ 部長(ぶちょう)は　「出(で)かける」と　言(い)いました。

（部長說了：「要出門。」）

＊ 鈴木(すずき)さんは　「また　電話(でんわ)する」と　言(い)いました。

（鈴木先生說了：「會再打電話。」）

＊ 妹(いもうと)は　「海(うみ)に　行(い)く」と　言(い)いました。

（妹妹說了：「要去海邊。」）

＊ 木村(きむら)さんは　「2月(にがつ)に　引(ひ)っこす」と　言(い)いました。

（木村先生說了：「二月要搬家。」）

＊ 王(おう)さんは　「ギターを　習(なら)う」と　言(い)いました。

（王先生說了：「要學吉他。」）

＊ 葉(よう)さんは　「来年(らいねん)、結婚(けっこん)する」と　言(い)いました。

（葉先生說了：「明年，要結婚。」）

MP3 32

## ⑩ ～ようです。
## （辭書形＋ようです。）

好像～。（根據自己的感覺與主觀的推測。）

＊雪（ゆき）が　降（ふ）るようです。
（好像會下雪。）

＊息子（むすこ）は　熱（ねつ）が　あるようです。
（兒子好像發燒。）

＊楊（よう）さんは　出（で）かけるようです。
（楊先生好像要出門。）

＊1000人（せんにん）くらい　いるようです。
（好像有一千個人左右。）

＊これから　セール品（ひん）を　売（う）るようです。
（接下來好像要賣拍賣品。）

＊彼（かれ）は　まだ　お酒（さけ）を　飲（の）むようです。
（他好像還要喝酒。）

## ⑪ ～らしいです。

**（辭書形＋らしいです。）** 好像～。

（參考外來的知識或資訊，再加上一點自己的判斷，比「～ようです」客觀。）

＊ あの２人は　結婚するらしいです。

（那二位好像要結婚。）

＊ 社長は　もう　帰るらしいです。

（社長好像快要回家。）

＊ 曾さんは　会社を　辞めるらしいです。

（曾先生好像要離職。）

＊ 蔡さんは　日本で　働くらしいです。

（蔡先生好像在日本工作。）

＊ 呂さんも　スピーチコンテストに　出るらしいです。

（呂先生好像也參加演講比賽。）

＊ 明日は　晴れるらしいです。

（明天好像會放晴。）

MP3 34

## ⑫ ～そうです。

（辭書形＋そうです。）聽説～；據説～。

＊天気予報(てんきよほう)に　よると、明日(あした)は　雪(ゆき)が　降(ふ)るそうです。

（根據天氣預報，明天會下雪。）

＊部長(ぶちょう)に　よると、午後(ごご)、会議(かいぎ)が　あるそうです。

（聽部長説，下午會開會。）

＊雑誌(ざっし)に　よると、マドンナが　台湾(たいわん)に　くるそうです。

（根據雜誌報導，瑪丹娜會來台灣。）

＊同僚(どうりょう)の　話(はなし)に　よると、社長(しゃちょう)が　代(か)わるそうです。

（根據同事説的話，社長會換。）

＊ニュースに　よると、日本(にほん)の　首相(しゅしょう)が　中国(ちゅうごく)を　訪(おとず)れるそうです。

（根據報告新聞，日本的首相拜訪中國。）

＊先生(せんせい)の　話(はなし)に　よると、来週(らいしゅう)　身体検査(しんたいけんさ)を　するそうです。

（根據老師説的話，下星期做健康檢查。）

MP3 35

## ⑬ ～はずです。

（辭書形＋はずです。）應該～。

＊ 東京駅(とうきょうえき)までは　10分(じゅっぷん)くらいで　つくはずです。

（應該十分鐘左右就會到東京車站。）

＊ 彼(かれ)は　そろそろ　くるはずです。

（他應該快到。）

＊ 今日(きょう)は　野球(やきゅう)の　練習(れんしゅう)を　するはずです。

（今天應該練習棒球。）

＊ 先生(せんせい)は　もう　教室(きょうしつ)に　いるはずです。

（老師應該已經在教室。）

＊ 青木(あおき)さんは　分(わ)かるはずです。

（青木先生應該會懂。）

＊ 父(ちち)は　もうすぐ　戻(もど)るはずです。

（父親應該快要回來。）

MP3 36

## ⑭ ～べきです。

（辭書形＋べきです。）應當～。

＊ルールは　守(まも)るべきです。

（規則應當遵守。）

＊学生(がくせい)は　一生懸命(いっしょうけんめい)　勉強(べんきょう)するべきです。

（學生應當努力唸書。）

＊国民(こくみん)は　税金(ぜいきん)を　納(おさ)めるべきです。

（國民應當納稅。）

＊お年寄(としよ)りには　席(せき)を　譲(ゆず)るべきです。

（應當讓座給老人。）

＊きちんと　お礼(れい)を　言(い)うべきです。

（應當好好答謝。）

＊法律(ほうりつ)に　従(したが)うべきです。

（應當遵守法律。）

Day 4

# 木曜日（もくようび）

星期四

真清楚！

## A 學習目標：て形、た形

MP3 37

「動詞て形」可說是最重要的動詞變化，因為它除了具有接續的功能外，還能組成非常多的實用句型。如果能夠學好，一定可以與日本人流暢地進行溝通。至於為什麼「た形」也要一起學呢？那是因為它們的變化規則一樣，所以可以同時背起來，減少負擔。

## B 基本規則説明

真好學！

MP3 37

「て形」與「た形」的變化規則一樣，所以此單元一起學習這二種形態。

另外要提醒大家，只有第一類動詞的某些字需要音便，第二類和第三類動詞都不需要。接下來就分別介紹第一類、第二類、第三類動詞如何變化成「て形」或「た形」。

### 第一類動詞

**變化方式：**

**基本上第一類動詞的變化，將最後的字母由「u」段音換成「i（= hi）」段音，再加上「て」或「た」就可以了。但是比方「聞（き）く」（ki.k~~u~~）換成「聞（き）きて」（ki.ki.te）、「吸（す）う」（su.~~u~~）換成「吸（す）いて」（su.i.te）時，實在不好發音，因此自然變化成「聞（き）いて」和「吸（す）って」，這就是所謂的「音便」。因此第一類動詞要變化成「て形」與「た形」之前，要先將第一類動詞做分類，變化方式才不會錯。分為以下四類：**

---

▶字尾為「す」的動詞，變化方式：將最後的字母由「u」段音換成「i（= hi）」段音，再加上「て」或「た」。例如：

写（うつ）す u.tsu.s~~u~~（抄寫；拍照）→ 写（うつ）して u.tsu.shi.te（抄寫～；拍照～）【て形】
→ 写（うつ）した u.tsu.shi.ta（抄寫了；拍照了）【た形】

返（かえ）す ka.e.s~~u~~（歸還）→ 返（かえ）して ka.e.shi.te（歸還～）【て形】
→ 返（かえ）した ka.e.shi.ta（歸還了）【た形】

▶字尾為「く」或「ぐ」的動詞，改為「いて（いで）」或「いた（いだ）」，此稱為「イ音便」。例如：

**聞~~く~~**（聽） → **聞いて**（聽～）【て形】

→ **聞いた**（聽了）【た形】

**泳~~ぐ~~**（游泳） → **泳いで**（游泳～）【て形】

→ **泳いだ**（游泳了）【た形】

**註）【イ音便】唯一的例外：「行く」**（去）→ **行って**（去～）【て形】

→ **行った**（去了）【た形】

▶字尾為「う」、「つ」、「る」的動詞，改為「って」或「った」，此稱為「促音便」。例如：

**買~~う~~**（購買） → **買って**（購買～）【て形】

→ **買った**（購買了）【た形】

**待~~つ~~**（等待） → **待って**（等待～）【て形】

→ **待った**（等了）【た形】

▶字尾為「ぶ」、「ぬ」、「む」的動詞，改為「んで」或「んだ」，此稱為「鼻音便」。例如：

**遊~~ぶ~~**（玩） → **遊んで**（玩～）【て形】

→ **遊んだ**（玩了）【た形】

**飲~~む~~**（喝） → **飲んで**（喝～）【て形】

→ **飲んだ**（喝了）【た形】

以上是「第一類動詞」的變化，如果還不熟悉動詞分類的話，請參照「動詞變化的暖身閱讀」（P.013）。其他「第二類動詞」與「第三類動詞」的變化如下。

## 第二類動詞

**變化方式：**
**將動詞字尾的假名「る」去掉，直接換成「て」或「た」。**

❖ 食(た)べ~~る~~（吃）+「て」或「た」 → 食(た)べて / 食(た)べた

❖ 始(はじ)め~~る~~（開始）+「て」或「た」→ 始(はじ)めて / 始(はじ)めた

❖ 起(お)き~~る~~（起床）+「て」或「た」→ 起(お)きて / 起(お)きた

❖ 着(き)~~る~~（穿）+「て」或「た」 → 着(き)て / 着(き)た

❖ 見(み)~~る~~（看）+「て」或「た」 → 見(み)て / 見(み)た

## 第三類動詞（不規則）

**變化方式：**
因為只有「くる」和「する」二個字，直接背起來吧。

くる（來）→ きて / きた

する（做）→ して / した

## C 各類動詞的變化練習

真簡單！

MP3 38

### 第一類動詞

【イ音便】：

字尾為「く」或「ぐ」的動詞，改為「いて（いで）」或「いた（いだ）」。

働(はたら)~~く~~（工作） → 働(はたら)いて / 働(はたら)いた

着(つ)~~く~~（到達） → 着(つ)いて / 着(つ)いた

置(お)~~く~~（放） → 置(お)いて / 置(お)いた

穿(は)~~く~~（穿） → 穿(は)いて / 穿(は)いた

乾(かわ)~~く~~（乾） → 乾(かわ)いて / 乾(かわ)いた

渇(かわ)~~く~~（渴） → 渇(かわ)いて / 渇(かわ)いた

空(あ)~~く~~（空） → 空(あ)いて / 空(あ)いた

防(ふせ)~~ぐ~~（防） → 防(ふせ)いで / 防(ふせ)いだ

急(いそ)~~ぐ~~（趕緊） → 急(いそ)いで / 急(いそ)いだ

脱(ぬ)~~ぐ~~（脫） → 脱(ぬ)いで / 脱(ぬ)いだ

騒(さわ)~~ぐ~~（吵鬧） → 騒(さわ)いで / 騒(さわ)いだ

【促音便】：
字尾為「う」、「つ」、「る」的動詞，改為「って」或「った」。

会(あ)~~う~~（見面） → 会(あ)って／会(あ)った

洗(あら)~~う~~（洗） → 洗(あら)って／洗(あら)った

吸(す)~~う~~（吸） → 吸(す)って／吸(す)った

笑(わら)~~う~~（笑） → 笑(わら)って／笑(わら)った

育(そだ)~~つ~~（長大） → 育(そだ)って／育(そだ)った

打(う)~~つ~~（打） → 打(う)って／打(う)った

立(た)~~つ~~（站） → 立(た)って／立(た)った

入(はい)~~る~~（進入） → 入(はい)って／入(はい)った

戻(もど)~~る~~（回來） → 戻(もど)って／戻(もど)った

作(つく)~~る~~（做） → 作(つく)って／作(つく)った

**【鼻音便】：**

字尾為「ぶ」、「ぬ」、「む」的動詞，改為「んで」或「んだ」。

運(はこ)~~ぶ~~（搬運） → 運(はこ)んで / 運(はこ)んだ

学(まな)~~ぶ~~（學習） → 学(まな)んで / 学(まな)んだ

喜(よろこ)~~ぶ~~（喜悅） → 喜(よろこ)んで / 喜(よろこ)んだ

選(えら)~~ぶ~~（選） → 選(えら)んで / 選(えら)んだ

並(なら)~~ぶ~~（排） → 並(なら)んで / 並(なら)んだ

編(あ)~~む~~（編織） → 編(あ)んで / 編(あ)んだ

住(す)~~む~~（住） → 住(す)んで / 住(す)んだ

休(やす)~~む~~（休息） → 休(やす)んで / 休(やす)んだ

噛(か)~~む~~（咬） → 噛(か)んで / 噛(か)んだ

産(う)~~む~~（生產） → 産(う)んで / 産(う)んだ

## 第二類動詞

上一段動詞：

| | | |
|---|---|---|
| 浴(あ)び~~る~~（淋浴） | → | 浴(あ)びて / 浴(あ)びた |
| 信(しん)じ~~る~~（相信） | → | 信(しん)じて / 信(しん)じた |
| 落(お)ち~~る~~（掉落） | → | 落(お)ちて / 落(お)ちた |
| 降(お)り~~る~~（下來） | → | 降(お)りて / 降(お)りた |
| 借(か)り~~る~~（借入） | → | 借(か)りて / 借(か)りた |
| 過(す)ぎ~~る~~（經過） | → | 過(す)ぎて / 過(す)ぎた |
| 居(い)~~る~~（在） | → | 居(い)て / 居(い)た |
| 煮(に)~~る~~（煮） | → | 煮(に)て / 煮(に)た |
| 似(に)~~る~~（相似） | → | 似(に)て / 似(に)た |

下一段動詞：

| | | |
|---|---|---|
| 開(あ)け~~る~~（打開） | → | 開(あ)けて / 開(あ)けた |
| 考(かんが)え~~る~~（考慮） | → | 考(かんが)えて / 考(かんが)えた |
| 教(おし)え~~る~~（教） | → | 教(おし)えて / 教(おし)えた |
| 入(い)れ~~る~~（放入） | → | 入(い)れて / 入(い)れた |
| 受(う)け~~る~~（接受） | → | 受(う)けて / 受(う)けた |
| 捨(す)て~~る~~（丟掉） | → | 捨(す)てて / 捨(す)てた |
| 忘(わす)れ~~る~~（忘記） | → | 忘(わす)れて / 忘(わす)れた |
| 寝(ね)~~る~~（睡覺） | → | 寝(ね)て / 寝(ね)た |
| 得(え)~~る~~（得到） | → | 得(え)て / 得(え)た |
| 出(で)~~る~~（出來） | → | 出(で)て / 出(で)た |

## 第三類動詞

**カ變**　くる（來）→ きて / きた

**カ變還可以這樣變喔！**

持(も)ってくる（帶（～物品）來）→ 持(も)ってきて / 持(も)ってきた

連(つ)れてくる（帶（～人）來）→ 連(つ)れてきて / 連(つ)れてきた

**サ變**　する（做）→ して / した

**サ變還可以這樣變喔！**

運転(うんてん)する（開車）→ 運転(うんてん)して / 運転(うんてん)した

勉強(べんきょう)する（唸書）→ 勉強(べんきょう)して / 勉強(べんきょう)した

紹介(しょうかい)する（介紹）→ 紹介(しょうかい)して / 紹介(しょうかい)した

運動(うんどう)する（運動）→ 運動(うんどう)して / 運動(うんどう)した

MP3 39

D「て形」的句型很好用！ 真好用！

## ① ～て　ください。

（て形＋ください。） 請（做）～。

＊どうぞ　座(すわ)って　ください。
（請坐。）

＊名前(なまえ)を　教(おし)えて　ください。
（請告訴我（你的）名字。）

＊塩(しお)を　取(と)って　ください。
（請把鹽拿給我。）

＊辞書(じしょ)を　貸(か)して　ください。
（請借（我）辭典。）

＊窓(まど)を　開(あ)けて　ください。
（請打開窗戶。）

＊玄関(げんかん)で　靴(くつ)を　脱(ぬ)いで　ください。
（請在玄關脱鞋。）

MP3 40

## ② ～てから、～。

（て形＋から、～。）（做）了～之後，（做）～。

＊顔(かお)を　洗(あら)ってから、歯(は)を　みがきます。

（洗了臉之後，刷牙。）

＊ごはんを　食(た)べてから、出(で)かけます。

（吃完飯之後，出門。）

＊宿題(しゅくだい)を　してから、お風呂(ふろ)に　入(はい)ります。

（做好功課之後，洗澡。）

＊電話(でんわ)を　してから、勉強(べんきょう)します。

（打電話之後，唸書。）

＊新聞(しんぶん)を　読(よ)んでから、会社(かいしゃ)に　行(い)きます。

（看完報紙之後，去公司。）

＊電気(でんき)を　消(け)してから、寝(ね)ます。

（關燈之後，睡覺。）

## ③ ～て　みましょう。

（て形＋みましょう。）試著（做）～看看吧。

＊ 新(あたら)しい　化粧品(けしょうひん)を　使(つか)って　みましょう。

（試試看新的化妝品吧。）

＊ 彼(かれ)の　料理(りょうり)を　食(た)べて　みましょう。

（吃吃看他的料理吧。）

＊ この服(ふく)を　ちょっと　着(き)て　みましょう。

（稍微穿看看這件衣服吧。）

＊ 中(なか)に　入(はい)って　みましょう。

（進去裡面看看吧。）

＊ 弟(おとうと)の　自転車(じてんしゃ)に　乗(の)って　みましょう。

（騎騎看弟弟的腳踏車吧。）

＊ 先生(せんせい)に　聞(き)いて　みましょう。

（問老師看看吧。）

MP3 42

## ④ ～て　みませんか。

（て形＋みませんか。）要不要試（做）～看看呢？

＊パールミルクティー（註）を　飲(の)んで　みませんか。
（要不要試喝珍珠奶茶看看呢？）　（註）也可以説成「タピオカミルクティー」。

＊富士山(ふじさん)に　登(のぼ)って　みませんか。
（要不要試登富士山看看呢？）

＊いっしょに　フランスに　行(い)って　みませんか。
（要不要一起去法國看看呢？）

＊この仕事(しごと)を　やって　みませんか。
（要不要試做這個工作看看呢？）

＊このブーツを　穿(は)いて　みませんか。
（要不要試穿這雙靴子看看呢？）

＊わたしの　モデルに　なって　みませんか。
（要不要試當我的模特兒看看呢？）

## ⑤ ～て　みて　ください。

（て形＋みて　ください。）請試（做）～。

＊ 電話（でんわ）で　彼（かれ）に　聞（き）いて　みて　ください。

（請試著打電話問他。）

＊ 代（か）わりに　言（い）って　みて　ください。

（請試著代替（他）說說。）

＊ ２６（にじゅうろく）ページを　読（よ）んで　みて　ください。

（請試著唸二十六頁。）

＊ 似顔絵（にがおえ）を　描（か）いて　みて　ください。

（請試著畫肖像畫。）

＊ もう　少（すこ）し　待（ま）って　みて　ください。

（請試著再等一下。）

＊ ぜひ　使（つか）って　みて　ください。

（請務必試著用。）

MP3 44

## ⑥ ～て　います。
（て形＋います。）

正在（做）～；持續（做）～；～的狀態。

＊父は　今、出かけて　います。
（父親現在不在家。）

＊母は　今、料理を　して　います。
（母親現在正在做料理。）

＊姉は　今、小説を　読んで　います。
（姊姊現在正在看小說。）

＊祖父は　田舎に　住んで　います。
（祖父住在鄉下。）

＊わたしは　電車で　学校に　通って　います。
（我搭電車上學。）

＊妹は　高校で　英語を　教えて　います。
（妹妹在高中教英文。）

## ⑦ ～て　いるところです。

（て形＋いるところです。）（恰巧）正在（做）～。

＊ 今(いま)、ごはんを　食(た)べて　いるところです。
（現在，正在吃飯。）

＊ 息子(むすこ)は　アニメを　見(み)て　いるところです。
（兒子正在看動畫。）

＊ 弟(おとうと)は　音楽(おんがく)を　聴(き)いて　いるところです。
（弟弟正在聽音樂。）

＊ 彼女(かのじょ)は　シャワーを　浴(あ)びて　いるところです。
（她正在淋浴。）

＊ 先生(せんせい)は　白板(はくばん)に　文字(もじ)を　書(か)いて　いるところです。
（老師正在白板上寫字。）

＊ 赤(あか)ちゃんは　ミルクを　飲(の)んで　いるところです。
（嬰兒正在喝牛奶。）

MP3 46

## ⑧ ～て　おきます。

（て形＋おきます。）　事先（做）～。

（在某一個時刻前完成需要的動作或保持一定的狀態。）

＊クーラーを　つけて　おきます。
（事先開冷氣。）

＊冷蔵庫（れいぞうこ）に　ビールを　冷（ひ）やして　おきます。
（事先在冰箱裡冰好啤酒。）

＊早（はや）めに　試験（しけん）の　準備（じゅんび）を　して　おきます。
（事先及早做好考試的準備。）

＊朝（あさ）、子（こ）どもの　お弁当（べんとう）を　作（つく）って　おきます。
（早上，事先做好小孩的便當。）

＊社長（しゃちょう）の　車（くるま）を　洗（あら）って　おきます。
（事先洗好社長的車。）

会議（かいぎ）の　資料（しりょう）を　コピーして　おきます。
（事先影印好會議的資料。）

## ⑨～て　あります。

（て形＋あります。）～的狀態。

（表示已特意做好了某個動作的準備。）

＊窓(まど)は　もう　閉(し)めて　あります。

（窗戶已經關好了。）

＊材料(ざいりょう)は　もう　切(き)って　あります。

（材料已經切好了。）

＊食器(しょっき)は　洗(あら)って　あります。

（餐盤洗好了。）

＊商品(しょうひん)の　お金(かね)は　もう　払(はら)って　あります。

（產品的錢已經付完了。）

＊薬(くすり)は　いつも　バッグの　中(なか)に　入(い)れて　あります。

（藥經常放在包包裡。）

＊必要(ひつよう)なものは　もう　買(か)って　あります。

（需要的東西已經買好了。）

MP3 48

## ⑩ ～ても　いいです。

（て形＋も　いいです。）（做）～也可以。

＊お菓子（かし）を　買（か）っても　いいです。
（買零食也可以。）

＊テレビを　見（み）ても　いいです。
（看電視也可以。）

＊わたしの　ケーキを　食（た）べても　いいです。
（吃我的蛋糕也可以。）

＊あなたの　自転車（じてんしゃ）に　乗（の）っても　いいですか。
（坐你的腳踏車也可以嗎？）

＊ここで　写真（しゃしん）を　撮（と）っても　いいですか。
（在這裡拍照也可以嗎？）

＊ここで　タバコを　吸（す）っても　いいですか。
（在這裡抽菸也可以嗎？）

## ⑪ ～ては　いけません。

（て形＋は　いけません。）（做）～是不行的。

＊ 美術館(びじゅつかん)で　大声(おおごえ)を　出(だ)しては　いけません。
（在美術館發出大的聲音是不行的。）

＊ 授業中(じゅぎょうちゅう)、おしゃべりしては　いけません。
（上課中，聊天是不行的。）

＊ 会社(かいしゃ)で　お酒(さけ)を　飲(の)んでは　いけません。
（在公司喝酒是不行的。）

＊ 学校(がっこう)で　漫画(まんが)を　読(よ)んでは　いけません。
（在學校看漫畫是不行的。）

＊ 列(れつ)を　乱(みだ)しては　いけません。
（打亂隊伍是不行的。）

＊ 人(ひと)の　ものを　勝手(かって)に　使(つか)っては　いけません。
（隨便使用別人的東西是不行的。）

MP3 50

## ⑫ ～て　あげます。

（て形＋あげます。）幫忙某人（做）～。

＊わたしが　やって　あげます。

（我幫你做。）

＊傘（かさ）を　貸（か）して　あげます。

（把雨傘借給你。）

＊お年寄（としよ）りの　荷物（にもつ）を　持（も）って　あげます。

（幫老人拿行李。）

＊妹（いもうと）に　数学（すうがく）を　教（おし）えて　あげます。

（幫忙教妹妹數學。）

＊弟（おとうと）の　宿題（しゅくだい）を　手伝（てつだ）って　あげます。

（幫忙弟弟做功課。）

＊タクシーを　呼（よ）んで　あげます。

（幫你叫計程車。）

## ⑬ ～て　くれませんか。

（て形＋くれませんか。）可不可以幫我（做）～呢？

＊ 辞書(じしょ)を　貸(か)して　くれませんか。

（可不可以借我辭典呢？）

＊ 明日(あした)、お弁当(べんとう)を　作(つく)って　くれませんか。

（明天，可不可以幫我做便當呢？）

＊ 今度(こんど)、デートして　くれませんか。

（下次，可不可以和我約會呢？）

＊ 時計(とけい)を　修理(しゅうり)して　くれませんか。

（可不可以幫我修理時鐘呢？）

＊ 写真(しゃしん)を　撮(と)って　くれませんか。

（可不可以幫我拍照呢？）

＊ 電話番号(でんわばんごう)を　教(おし)えて　くれませんか。

（可不可以告訴我電話號碼呢？）

MP3 52

## ⑭ ～て　もらいます。

（て形＋もらいます。）從某人那裡得到～（幫忙）。

＊父（ちち）に　デジカメを　買（か）って　もらいます。
（請父親幫我買數位相機。）

＊母（はは）に　料理（りょうり）を　教（おし）えて　もらいます。
（請母親教我料理。）

＊兄（あに）に　パソコンを　貸（か）して　もらいます。
（哥哥幫我借電腦。）

＊先生（せんせい）に　作文（さくぶん）を　直（なお）して　もらいます。
（老師幫我修改作文。）

＊ルームメイトに　ドアを　開（あ）けて　もらいました。
（室友幫我開了門。）

＊彼氏（かれし）に　荷物（にもつ）を　運（はこ）んで　もらいました。
（男朋友幫我搬了行李。）

ㄜ「た形」的句型很好用！

## ① ～たあと（で）、

（た形＋あと（で）、）～之後，（做）～

＊ご飯(はん)を　食(た)べたあと（で）、歯(は)を　磨(みが)きます。
（吃完飯後，刷牙。）

＊宿題(しゅくだい)を　したあと（で）、寝(ね)ます。
（做完功課後，睡覺。）

＊シャワーを　浴(あ)びたあと（で）、出(で)かけます。
（淋浴完後，出門。）

＊テレビを　見(み)たあと（で）、お風呂(ふろ)に　入(はい)ります。
（看完電視後，泡澡。）

＊仕事(しごと)が　終(お)わったあと（で）、何(なに)を　しますか。
（工作結束後，做什麼呢？）

＊部屋(へや)を　片(かた)づけたあと（で）、勉強(べんきょう)します。
（整理房間之後，唸書。）

MP3 54

## ② ～たことが　あります / ～たことが　ありません。

（た形＋ことが　あります/ことが　ありません。）

曾經（做）過～/不曾（做）過～。

＊わたしは　納豆（なっとう）を　食（た）べたことが　あります。

（我曾經吃過納豆。）

＊わたしは　魚釣（さかなつ）りを　したことが　あります。

（我曾經釣過魚。）

＊両親（りょうしん）は　フランスに　行（い）ったことが　あります。

（父母曾經去過法國。）

＊弟（おとうと）は　ギターを　習（なら）ったことが　あります。

（弟弟曾經學過吉他。）

＊わたしは　ペットを　飼（か）ったことが　ありません。

（我不曾養過寵物。）

＊姉（あね）は　料理（りょうり）を　したことが　ありません。

（姊姊不曾做過料理。）

MP3 55

## ③ ～たばかりです。

（た形＋ばかりです。）剛（做）完～。

＊ 父(ちち)は　さっき　出(で)かけたばかりです。

（父親剛出門。）

＊ 娘(むすめ)は　さっき　寝(ね)たばかりです。

（女兒剛剛才睡著。）

＊ 同僚(どうりょう)と　お酒(さけ)を　飲(の)んだばかりです。

（與同事剛喝完酒。）

＊ 連休(れんきゅう)が　終(お)わったばかりです。

（剛結束連休。）

＊ 外(そと)で　夕飯(ゆうはん)を　食(た)べたばかりです。

（剛在外面吃完晚餐。）

＊ 息子(むすこ)は　新車(しんしゃ)を　買(か)ったばかりです。

（兒子剛買了新車。）

MP3 56

## ④ ～たところです。

（た形＋ところです。）剛剛才（做）完～。

*兄(あに)は　さっき　家(いえ)を　出(で)たところです。

（哥哥剛剛才出了門。）

*映画(えいが)は　さっき　始(はじ)まったところです。

（電影剛剛才開始。）

*2、3分前(に さん ぷんまえ)に　新幹線(しんかんせん)に　乗(の)ったところです。

（二、三分鐘之前才剛上了新幹線。）

*たった　今(いま)　会社(かいしゃ)に　着(つ)いたところです。

（剛剛才到了公司。）

*つい　さっき　メールを　送(おく)ったところです。

（剛剛才傳了電子郵件。）

*さっき　部長(ぶちょう)から　電話(でんわ)を　もらったところです。

（剛剛才從部長那裡接到了電話。）

MP3 57

## ⑤ ～たほうが　いいです。

（た形＋ほうが　いいです。）（做）～比較好。

＊ 病院(びょういん)に　行(い)ったほうが　いいです。

（去醫院比較好。）

＊ 学校(がっこう)を　休(やす)んだほうが　いいです。

（向學校請假比較好。）

＊ タバコを　やめたほうが　いいです。

（不要抽菸比較好。）

＊ もう　寝(ね)たほうが　いいですよ。

（差不多去睡覺比較好喔。）

＊ そろそろ　帰(かえ)ったほうが　いいですよ。

（差不多回去比較好喔。）

＊ 傘(かさ)を　持(も)っていったほうが　いいですよ。

（帶著雨傘去比較好喔。）

MP3 58

## ⑥ ～たり、～たりします。

（た形＋り、た形＋りします。）又（做）～又（做）～。

（表示某個動作或情況反覆發生。）

＊休日は　掃除したり、洗たくしたりします。

（休假時又打掃、又洗衣服。）

＊週末は　映画を　見たり、漫画を　読んだりします。

（週末又看電影、又看漫畫。）

＊日曜日は　母と　買い物を　したり、料理を　したりします。

（星期日與母親又購物、又做菜。）

＊弟は　自分の　部屋で　アニメを　見たり、勉強したりします。

（弟弟在自己的房間裡又看動畫、又唸書。）

＊夏休みは　バイトを　したり、海に　行ったりしました。

（暑假時又打了工、又去了海邊。）

＊お正月は　家族と　いっしょに　食べたり、遊んだりしました。

（元旦時與家人一起又吃、又玩了。）

# Day 5

きんようび
# 金曜日

星期五

真清楚！

## A 學習目標：可能形、假定形

MP3 59

所謂的「可能形」，為表示「能夠做什麼」的用法，相當於中文的「會～、能夠～」，因此用這個形態可以造出稍有難度的日文喔。另外，同時要學「假定形」的原因是，因為它們二個的變化規則相同，因此一起背起來就輕鬆多了。

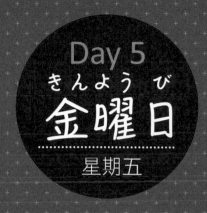

## B 基本規則說明 真好學！

MP3 59

「可能形」與「假定形」的變化規則一樣，因此在這單元裡，我們一起學習這二種形態。

其中「可能形」為表示「能夠做什麼事」的用法，相當於中文的「會～、能夠～」的意思；而「假定形」為表示「假設」的用法，相當於中文的「（如果）～的話」。以下分別介紹第一類、第二類、第三類動詞的「可能形」與「假定形」。

### 第一類動詞

**變化方式：**
**先將動詞字尾的「u」段音改成「e」段音之後，「可能形」後面直接加上「る」；而「假定形」後面直接加上「ば」就完成了。**

❖ 行(い)く i.k~~u~~（去） → 行(い)ける i.ke.ru（能去）【可能形】
→ 行(い)けば i.ke.ba（去的話）【假定形】

❖ 書(か)く ka.k~~u~~（寫） → 書(か)ける ka.ke.ru（能寫）【可能形】
→ 書(か)けば ka.ke.ba（寫的話）【假定形】

❖ 飲(の)む no.m~~u~~（喝） → 飲(の)める no.me.ru（能喝）【可能形】
→ 飲(の)めば no.me.ba（喝的話）【假定形】

❖ 話(はな)す ha.na.s~~u~~（說） → 話(はな)せる ha.na.se.ru（能說）【可能形】
→ 話(はな)せば ha.na.se.ba（說的話）【假定形】

以上是「第一類動詞」的變化，如果還不熟悉動詞分類的話，請參照「動詞變化的暖身閱讀」（P.103）。其他「第二類動詞」與「第三類動詞」的變化如下。

## 第二類動詞

**變化方式：**
**先直接去掉動詞字尾的「る」，然後「可能形」是加上「られる」；「假定形」是加上「れば」。**

---

❖ **起（お）き~~る~~**（起床）**＋られる** → **起（お）きられる**（能起床）【可能形】

**＋れば** → **起（お）きれば**（起床的話）【假定形】

❖ **食（た）べ~~る~~**（吃）**＋られる** → **食（た）べられる**（能吃）【可能形】

**＋れば** → **食（た）べれば**（吃的話）【假定形】

## 第三類動詞（不規則）

**變化方式：**
**沒有規則，所以多唸一唸，把它們背起來吧。**

---

**くる**（來）→ **こられる**（能來）【可能形】

→ **くれば**（來的話）【假定形】

**する**（做）→ **できる**（能做）【可能形】

→ **すれば**（做的話）【假定形】

## C 各類動詞的變化練習

真簡單！

MP3 60

### 第一類動詞

先將動詞字尾的「u」段音改成「e」段音之後，「可能形」後面直接加上「る」；而「假定形」後面直接加上「ば」就完成了。

---

**か行** 歩(ある)く a.ru.k~~u~~（走路）

歩(ある)

か　き　く　[け]　こ

↓

るば

（能走）（走的話）

歩(ある)ける（能走）

歩(ある)けば（走的話）

**が行** 急(いそ)ぐ i.so.g~~u~~（趕緊）

急(いそ)

が　ぎ　ぐ　[げ]　ご

↓

るば

（能趕緊）（趕緊的話）

急(いそ)げる（能趕緊）

急(いそ)げば（趕緊的話）

**さ行** 探(さが)す sa.ga.s~~u~~（找）

探(さが)

さ　し　す　[せ]　そ

↓

るば

（能找）（找的話）

探(さが)せる（能找）

探(さが)せば（找的話）

**な行** 死(し)ぬ shi.n~~u~~（死）

死(し)

な　に　ぬ　[ね]　の

↓

るば

（能死）（死的話）

死(し)ねる（能死）

死(し)ねば（死的話）

**ば行　運(はこ)ぶ** ha.ko.b~~u~~（搬運）

運(はこ)

ば　び　ぶ　[べ]　ぼ

↓

るば

（能搬）（搬的話）

**運(はこ)べる**（能搬）

**運(はこ)べば**（搬的話）

**ま行　読(よ)む** yo.m~~u~~（唸）

読(よ)

ま　み　む　[め]　も

↓

るば

（能唸）（唸的話）

**読(よ)める**（能唸）

**読(よ)めば**（唸的話）

**ら行　帰(かえ)る** ka.e.r~~u~~（回去）

帰(かえ)

ら　り　る　[れ]　ろ

↓

るば

（能回去）（回去的話）

**帰(かえ)れる**（能回去）

**帰(かえ)れば**（回去的話）

**わ行　買(か)う** ka.~~u~~（買）

買(か)

わ（い）（う）[（え）]　を＝お

↓

るば

（能買）（買的話）

**買(か)える**（能買）

**買(か)えば**（買的話）

## 第二類動詞

上一段動詞：
先直接去掉動詞字尾的「る」，然後「可能形」是加上「られる」；「假定形」是加上「れば」。

| | | |
|---|---|---|
| 信(しん)じ~~る~~（相信） | ＋られる | → 信(しん)じられる（能相信） |
| | ＋れば | → 信(しん)じれば（相信的話） |
| 見(み)~~る~~（看） | ＋られる | → 見(み)られる（能看） |
| | ＋れば | → 見(み)れば（看的話） |
| 浴(あ)び~~る~~（淋浴） | ＋られる | → 浴(あ)びられる（能淋浴） |
| | ＋れば | → 浴(あ)びれば（淋浴的話） |
| 着(き)~~る~~（穿） | ＋られる | → 着(き)られる（能穿） |
| | ＋れば | → 着(き)れば（穿的話） |
| 煮(に)~~る~~（煮） | ＋られる | → 煮(に)られる（能煮） |
| | ＋れば | → 煮(に)れば（煮的話） |

**下一段動詞：**
**先直接去掉動詞字尾的「る」，然後「可能形」是加上「られる」；「假定形」是加上「れば」。**

| | | |
|---|---|---|
| 始(はじ)め~~る~~（開始） | ＋られる | → 始(はじ)められる（能開始） |
| | ＋れば | → 始(はじ)めれば（開始的話） |
| 教(おし)え~~る~~（教） | ＋られる | → 教(おし)えられる（能教） |
| | ＋れば | → 教(おし)えれば（教的話） |
| 忘(わす)れ~~る~~（忘記） | ＋られる | → 忘(わす)れられる（能忘記） |
| | ＋れば | → 忘(わす)れれば（忘記的話） |
| 寝(ね)~~る~~（睡覺） | ＋られる | → 寝(ね)られる（能睡覺） |
| | ＋れば | → 寝(ね)れば（睡覺的話） |
| 出(で)~~る~~（出來） | ＋られる | → 出(で)られる（能出來） |
| | ＋れば | → 出(で)れば（出來的話） |

## 第三類動詞

カ變　くる（來）→ こられる（能來）【可能形】
→ くれば（來的話）【假定形】

**カ變還可以這樣變喔！**

| | |
|---|---|
| 持(も)ってくる（帶（～物品）來） | 連(つ)れてくる（帶（～人）來） |
| → 持(も)ってこられる（能帶（～物品）來）【可能形】 | → 連(つ)れてこられる（能帶（～人）來）【可能形】 |
| → 持(も)ってくれば（帶（～物品）來的話）【假定形】 | → 連(つ)れてくれば（帶（～人）來的話）【假定形】 |

サ變　する（做）→ できる（能做）【可能形】
→ すれば（做的話）【假定形】

**サ變還可以這樣變喔！**

| | |
|---|---|
| 運転(うんてん)する（開車） | 勉強(べんきょう)する（唸書） |
| → 運転(うんてん)できる（能開車）【可能形】 | → 勉強(べんきょう)できる（能唸書）【可能形】 |
| → 運転(うんてん)すれば（開車的話）【假定形】 | → 勉強(べんきょう)すれば（唸書的話）【假定形】 |
| 紹介(しょうかい)する（介紹） | 運動(うんどう)する（運動） |
| → 紹介(しょうかい)できる（能介紹）【可能形】 | → 運動(うんどう)できる（能運動）【可能形】 |
| → 紹介(しょうかい)すれば（介紹的話）【假定形】 | → 運動(うんどう)すれば（運動的話）【假定形】 |

MP3 61

D「可能形」的句型很好用！ 真好用！

## ①「可能形」的普通句　能（做）～。

＊ 父(ちち)は　パソコンが　使(つか)えます。

（父親能用個人電腦。）

＊ 姉(あね)は　フランス語(ご)が　話(はな)せます。

（姊姊能說法語。）

＊ わたしは　800(はっぴゃく)メートル　泳(およ)げます。

（我能游八百公尺。）

＊ 彼(かれ)は　タイ料理(りょうり)が　作(つく)れます。

（他能做泰國料理。）

＊ 鈴木(すずき)さんは　ピアノが　弾(ひ)けます。

（鈴木小姐能彈鋼琴。）

＊ 兄(あに)は　運転(うんてん)できます。

（哥哥能開車。）

MP3 62

## ②「可能形」的疑問句　能（做）～嗎？

＊あなたは　絵（え）が　描（か）けますか。
（你能畫畫嗎？）

＊わたしと　いっしょに　日本（にほん）へ　行（い）けますか。
（能和我一起去日本嗎？）

＊日本語（にほんご）で　電話（でんわ）が　かけられますか。
（能用日語打電話嗎？）

＊週末（しゅうまつ）、いっしょに　遊（あそ）べますか。
（週末，能一起玩嗎？）

＊もう　少（すこ）し　待（ま）てますか。
（能再等一下嗎？）

＊明日（あした）、わたしの　うちに　こられますか。
（明天，能來我家嗎？）

## ③「可能形」的否定句　不能（做）～。

＊ わたしは　お酒（さけ）が　飲（の）めません。
（我不會喝酒。）

＊ 今（いま）は　まだ　会（あ）えません。
（現在還不能見面。）

＊ この本（ほん）は　誰（だれ）にも　貸（か）せません。
（這本書不能借任何人。）

＊ 足（あし）が　痛（いた）くて　歩（ある）けません。
（因為腳痛而不能走路。）

＊ 宿題（しゅくだい）が　多（おお）くて　寝（ね）られません。
（因為功課多而不能睡覺。）

＊ 先生（せんせい）は　風邪（かぜ）で　学校（がっこう）に　こられません。
（老師因為感冒而不能來學校。）

MP3 64

## ④「可能形」的否定疑問句　不能（做）～嗎？

＊あなたは　英語(えいご)が　話(はな)せませんか。
（你不能説英語嗎？）

＊どうして　タバコが　吸(す)えませんか。
（為什麼不能抽菸呢？）

＊由美(ゆみ)さんは　今日(きょう)、学校(がっこう)に　行(い)けませんか。
（由美小姐今天，不能去學校嗎？）

＊どうして　自分(じぶん)の　部屋(へや)が　掃除(そうじ)できませんか。
（為什麼不能打掃自己的房間呢？）

＊他(ほか)の　方法(ほうほう)が　考(かんが)えられませんか。
（不能想其他的方法嗎？）

＊子(こ)どもさんは　連(つ)れてこられませんか。
（不能帶您的孩子來嗎？）

## ⑤ ～ように　なりました。

（可能形＋ように　なりました。）　變得能～了。

＊ 日本語(にほんご)が　話(はな)せるように　なりました。
（變得能說日語了。）

＊ ギターが　弾(ひ)けるように　なりました。
（變得能彈吉他了。）

＊ 赤(あか)ちゃんは　1人(ひとり)で　歩(ある)けるように　なりました。
（嬰兒變得能一個人走路了。）

＊ 息子(むすこ)は　目玉焼(めだまや)きが　作(つく)れるように　なりました。
（兒子變得能做荷包蛋了。）

＊ 最近(さいきん)は　写真(しゃしん)が　上手(じょうず)に　撮(と)れるように　なりました。
（最近拍照變得很厲害了。）

＊ 眼鏡(めがね)を　かけたので、黒板(こくばん)の　字(じ)が　見(み)えるように　なりました。
（因為戴了眼鏡，黑板上的字變看得見了。）

MP3 66

## ⑥ ～ようにも～ません。

（意向形＋ようにも＋可能形＋ません。）

想～也不能～。

＊台風（たいふう）で、外（そと）に　出（で）ようにも　出（で）られません。

（因為颱風，想出門也不能出門。）

＊うるさくて、勉強（べんきょう）しようにも　勉強（べんきょう）できません。

（因為吵，想唸書也不能唸書。）

＊風（かぜ）が　強（つよ）すぎて、走（はし）ろうにも　走（はし）れません。

（因為風太大，想跑步也不能跑步。）

＊相手（あいて）の　名前（なまえ）を　思（おも）い出（だ）そうにも　思（おも）い出（だ）せません。

（想要想起對方的名字也想不起來。）

＊頭（あたま）が　痛（いた）くて、起（お）きようにも　起（お）きられません。

（因為頭痛，想起床也起不來。）

＊忙（いそが）しくて、じっくり　考（かんが）えようにも　考（かんが）えられません。

（因為忙，想仔細地思考也不能思考。）

ɛ「假定形」的句型很好用！ 真好用！

## ①「假定形」的普通句　～的話，就～。

＊ 辞書(じしょ)を　ひけば、分(わ)かります。
（查辭典的話，就會懂。）

＊ 眼鏡(めがね)を　かければ、見(み)えます。
（戴眼鏡的話，就看得見。）

＊ ダイエットすれば、着(き)られます。
（減肥的話，就穿得下。）

＊ 大(おお)きい声(こえ)で　話(はな)せば、聞(き)こえます。
（大聲說話的話，就聽得到。）

＊ 薬(くすり)を　飲(の)めば、治(なお)ります。
（吃藥的話，就治得好。）

＊ きちんと　あやまれば、許(ゆる)します。
（好好道歉的話，就原諒。）

MP3 68

## ② ～ほど～。

（假定形＋辭書形＋ほど～。）　越～就越～。

＊食(た)べれば　食(た)べるほど　太(ふと)ります。

（越吃就越胖。）

＊お酒(さけ)を　飲(の)めば　飲(の)むほど　虚(むな)しくなります。

（越喝酒就變得越空虛。）

＊修理(しゅうり)すれば　するほど　ひどくなります。

（越修理就變得越嚴重。）

＊考(かんが)えれば　考(かんが)えるほど　分(わ)からなくなります。

（越思考就變得越不懂。）

＊外国語(がいこくご)は　話(はな)せば　話(はな)すほど　上手(じょうず)に　なります。

（外國語言越説就變得越厲害。）

# Day 6

どようび

# 土曜日

星期六

真清楚！

## A 學習目標：意向形

MP3 69

所謂的「意向形」用來表示個人強烈的意志，因此有些動詞的學習書把它寫成「意志形」或「邀請形」。用這個「意向形」，可以表達「勸誘、意志、商量」等說法喔。

## B 基本規則說明 真好學！

MP3 69

可以表示個人強烈意志的「意向形」有三種語氣，（一）勸誘：邀請對方一起做某動作，是中文的「我們一起～吧」的感覺。（二）意志：說話者催促自己做某動作，是中文的「我該～吧」。（三）商量：「意向形」+「か」，是中文的「～好嗎」。其實意向形就是我們熟悉的「～ましょう」（ましょう是敬體，用於對上司或師長等地位比自己高的人時）的常體形態。接下來就分別介紹第一類、第二類、第三類動詞如何變化成「意向形」。

### 第一類動詞

**變化方式：**
**將動詞字尾的「u」段音改成「o」段音之後，加上「う」。**

- 行（い）く i.ku（去） → 行（い）こう i.ko.o（去吧）
- 書（か）く ka.ku（寫） → 書（か）こう ka.ko.o（寫吧）
- 話（はな）す ha.na.su（說） → 話（はな）そう ha.na.so.o（說吧）
- 飲（の）む no.mu（喝） → 飲（の）もう no.mo.o（喝吧）
- 遊（あそ）ぶ a.so.bu（玩） → 遊（あそ）ぼう a.so.bo.o（玩吧）
- 聞（き）く ki.ku（聽） → 聞（き）こう ki.ko.o（聽吧）

以上是「第一類動詞」的變化，如果還不熟悉動詞分類的話，請參照「動詞變化的暖身閱讀」（P.013）。其他「第二類動詞」與「第三類動詞」的變化如下。

## 第二類動詞

**變化方式：**
**將動詞字尾的「る」改成「よう」即可。**

- 食(た)べ~~る~~（吃）＋よう　→ 食(た)べよう（吃吧）
- 始(はじ)め~~る~~（開始）＋よう　→ 始(はじ)めよう（開始吧）
- 起(お)き~~る~~（起床）＋よう　→ 起(お)きよう（起床吧）
- 着(き)~~る~~（穿）＋よう　→ 着(き)よう（穿吧）
- 見(み)~~る~~（看）＋よう　→ 見(み)よう（看吧）

## 第三類動詞（不規則）

**變化方式：**
**沒有規則，所以多唸一唸，把它們背起來吧。**

くる（來）→ こよう（來吧）

する（做）→ しよう（做吧）

## C 各類動詞的變化練習

真簡單！

MP3 70

### 第一類動詞

將動詞字尾的「u」段音改成「o」段音之後，加上「う」。

か行　歩く(ある) a.ru.ku（走路）

歩(ある)

か　き　く　け　こ

↓

う

（走吧）

歩こう(ある)（走吧）

が行　急ぐ(いそ) i.so.gu（趕緊）

急(いそ)

が　ぎ　ぐ　げ　ご

↓

う

（趕緊吧）

急ごう(いそ)（趕緊吧）

さ行　探す(さが) sa.ga.su（找）

探(さが)

さ　し　す　せ　そ

↓

う

（找吧）

探そう(さが)（找吧）

な行　死ぬ(し) shi.nu（死）

死(し)

な　に　ぬ　ね　の

↓

う

（死吧）

死のう(し)（死吧）

ば行　運ぶ(はこ) ha.ko.b~~u~~（搬運）

運(はこ)

ば　び　ぶ　べ　ぼ

↓

う

（搬吧）

運ぼう(はこ)（搬吧）

ま行　読む(よ) yo.m~~u~~（唸）

読(よ)

ま　み　む　め　も

↓

う

（唸吧）

読もう(よ)（唸吧）

ら行　帰る(かえ) ka.e.r~~u~~（回去）

帰(かえ)

ら　り　る　れ　ろ

↓

う

（回去吧）

帰ろう(かえ)（回去吧）

わ行　買う(か) ka.~~u~~（買）

買(か)

わ（い）（う）（え）を＝お

↓

う

（買吧）

買おう(か)（買吧）

## 第二類動詞

**上一段動詞：**
**將動詞字尾的「る」改成「よう」即可。**

閉(と)じ~~る~~（關）＋よう → 閉(と)じよう（關吧）

信(しん)じ~~る~~（相信）＋よう → 信(しん)じよう（相信吧）

落(お)ち~~る~~（掉下來）＋よう → 落(お)ちよう（掉下來吧）

降(お)り~~る~~（下來）＋よう → 降(お)りよう（下來吧）

浴(あ)び~~る~~（淋浴）＋よう → 浴(あ)びよう（淋浴吧）

借(か)り~~る~~（借入）＋よう → 借(か)りよう（借吧）

居(い)~~る~~（在）＋よう → 居(い)よう（在吧）

煮(に)~~る~~（煮）＋よう → 煮(に)よう（煮吧）

似(に)~~る~~（相似）＋よう → 似(に)よう（相似吧）

**下一段動詞：**
**將動詞字尾的「る」改成「よう」即可。**

答(こた)え~~る~~（回答）＋よう → 答(こた)えよう（回答吧）

考(かんが)え~~る~~（考慮）＋よう → 考(かんが)えよう（考慮吧）

教(おし)え~~る~~（教）＋よう → 教(おし)えよう（教吧）

入(い)れ~~る~~（放入）＋よう → 入(い)れよう（放入吧）

忘(わす)れ~~る~~（忘記）＋よう → 忘(わす)れよう（忘記吧）

受(う)け~~る~~（接受）＋よう → 受(う)けよう（接受吧）

捨(す)て~~る~~（丟掉）＋よう → 捨(す)てよう（丟掉吧）

寝(ね)~~る~~（睡覺）＋よう → 寝(ね)よう（睡覺吧）

決(き)め~~る~~（決定）＋よう → 決(き)めよう（決定吧）

出(で)~~る~~（出來）＋よう → 出(で)よう（出來吧）

## 第三類動詞

**カ變**　くる（來）→こよう（能來）

**カ變還可以這樣變喔！**

**持（も）ってくる**（帶（～物品）來）
→**持（も）ってこよう**
（帶（～物品）來吧）

**連（つ）れてくる**（帶（～人）來）
→**連（つ）れてこよう**
（帶（～人）來吧）

**サ變**　する（做）→しよう（做吧）

**サ變還可以這樣變喔！**

**運転（うんてん）する**（開車）
→**運転（うんてん）しよう**（開車吧）

**勉強（べんきょう）する**（唸書）
→**勉強（べんきょう）しよう**（唸書吧）

**紹介（しょうかい）する**（介紹）
→**紹介（しょうかい）しよう**（介紹吧）

**運動（うんどう）する**（運動）
→**運動（うんどう）しよう**（運動吧）

MP3 71

## D「意向形」的句型很好用！ 真好用！

### ① ～と　思(おも)います。　我想要 / 我打算～。

（主語一定是「我」。）

＊ デジカメを　買(か)おうと　思(おも)います。
（我想要買數位相機。）

＊ 来年(らいねん)、結婚(けっこん)しようと　思(おも)います。
（我想要明年結婚。）

＊ 日本語能力試験(にほんごのうりょくしけん)を　受(う)けようと　思(おも)います。
（我想要考日本語能力測驗。）

＊ 今(いま)の　会社(かいしゃ)を　辞(や)めようと　思(おも)います。
（我想要辭掉現在的公司。）

＊ そろそろ　寝(ね)ようと　思(おも)います。
（我想差不多要睡覺。）

＊ これから　シャワーを　浴(あ)びようと　思(おも)います。
（接下來我打算淋浴。）

MP3 72

## ② ～と　思(おも)って　います。　想要／打算～。

（比「と思(おも)う」意志更堅定，而且念頭已經有段時間。主語不一定是「我」。）

＊来年(らいねん)、留学(りゅうがく)しようと　思(おも)って　います。
（明年，打算留學。）

＊彼(かれ)の　ことは　忘(わす)れようと　思(おも)って　います。
（想要忘記他。）

＊ギターを　習(なら)おうと　思(おも)って　います。
（打算學吉他。）

＊子(こ)どもを　作(つく)ろうと　思(おも)って　います。
（打算生小孩。）

＊彼女(かのじょ)と　別(わか)れようと　思(おも)って　います。
（打算與女朋友分手。）

＊車(くるま)の　免許(めんきょ)を　取(と)ろうと　思(おも)って　います。
（想要考取汽車駕照。）

## ③ ～と　したとき、～　正要～的時候，～

＊ 出かけようと　したとき、雨が　降り出しました。
（正要出門的時候，開始下起雨了。）

＊ 寝ようと　したとき、電話の　ベルが　鳴りました。
（正要睡覺的時侯，電話鈴響了。）

＊ 彼に　電話しようと　したとき、向こうから　かかってきました。
（正要打電話給他時，他那裡打來了。）

＊ テレビを　見ようと　したとき、停電に　なりました。
（正要看電視時，停電了。）

＊ 料理を　しようと　したとき、断水に　なりました。
（正要做料理時，斷水了。）

＊ 立とうと　したとき、赤ちゃんが　泣き出しました。
（正要站起來時，嬰兒開始哭了。）

MP3 74

## ④ ～と　したら、～　如果～的話，就會～

＊船(ふね)で　行(い)こうと　したら、3日(みっか)　かかります。
（如果坐船去的話，會花三天。）

＊留学(りゅうがく)しようと　したら、お金(かね)が　たくさん　必要(ひつよう)です。
（如果要留學的話，需要很多錢。）

＊ダイエットしようと　したら、甘(あま)いものは　禁物(きんもつ)です。
（如果要減肥的話，甜食是禁品。）

＊禁煙(きんえん)しようと　したら、そのタバコは　捨(す)てたほうが　いいです。
（如果要禁菸的話，那支菸最好丟掉。）

＊家(いえ)を　買(か)おうと　したら、もっと　節約(せつやく)したほうが　いいです。
（如果要買房子的話，最好更節省。）

＊富士山(ふじさん)に　登(のぼ)ろうと　したら、体(からだ)を　鍛(きた)えないと　だめです。
（如果要爬富士山的話，沒有鍛鍊身體不行。）

## ⑤ ～にも、～（可能形否定）。

即使想要～，但也沒辦法～。

（表示行動者雖有意願，但礙於客觀原因而無法進行某項動作。）

＊ 台風で、出かけようにも、出かけられません。

（因為颱風，即使想要出門，但也沒辦法出門。）

＊ もっと　食べようにも、胃袋に　入りません。

（即使想要吃更多，但也進不去胃裡。）

＊ 勉強を　しようにも、うるさくて　できません。

（即使想要唸書，但因吵鬧沒辦法。）

＊ がんばって　走ろうにも、足が　痛くて　走れません。

（即使想要努力跑，但因腳痛沒辦法跑。）

＊ 英語が　できないので、道を　聞こうにも、聞けませんでした。

（因為不會英文，所以即使想要問路，但也沒辦法問。）

＊ あの悲惨な　出来事を　忘れようにも、忘れられません。

（即使想忘掉那件悲慘的事情，但也沒辦法忘掉。）

MP3 76

## ⑥ ～が～が、～　不管是～還是～，～
## （意向形＋が＋意向形＋が、～）

＊出かけようが　家に　いようが、好きに　しなさい。
（不管要出門還是在家，隨便你！）

＊大学を　受けようが　働こうが、どちらでも　いいです。
（不管考大學還是工作，都可以。）

＊日本に　留学しようが　韓国に　留学しようが、あなたの　自由です。
（不管去日本留學還是去韓國留學，是你的自由。）

＊雨が　降ろうが　台風が　来ようが、試合は　中止しません。
（不管下雨還是颱風來，比賽不會中止。）

＊彼女は　食べようが　飲もうが、太りません。
（她不管吃還是喝，都不會胖。）

＊遊ぼうが　勉強しようが、お好きに　どうぞ。
（不管去玩還是唸書，愛怎麼樣就怎麼樣吧。）

# Day 7

## にちようび
## 日曜日

星期日

真清楚！

MP3 77

### A 學習目標：使役形、受身形、使役受身形

所謂的「使役形」相當於中文的「讓～去做～」，用以表示讓某人依照自己的意見去做某樣事情。「受身形」主要用來表示感到困擾，有被動的語感，因此有些動詞學習書寫成「被動形」。至於「使役受身形」相當於中文的「被強迫～」的意思，表示被迫做自己不想做的事情喔。

## B 基本規則説明 真好學！

MP3 77

「使役形」、「受身形（有些動詞學習書寫成「被動形」）」以及「使役受身形（有些動詞學習書寫成「使役被動形」）」的變化規則一樣，所以一起學習這三種形態。此外，以上三種形態會因自動詞與他動詞的不同，使用的句型也跟著不同。接下來分別介紹第一類、第二類、第三類動詞如何變化成「意向形」。

### 第一類動詞

**變化方式：**

**將動詞最後的字母「u」段音變成「a」段音，再加上「せる」就是【使役形】；同樣地，將動詞最後的字母「u」段音變成「a」段音，再加上「れる」就是【受身形】；而將動詞最後的字母「u」段音變成「a」段音，再加上「される」就是【使役受身形】。重要！如果動詞最後的假名是「う」（如「買(か)う」、「洗(あら)う」等），必須由「う」變成「わ」，再加上「せる」、「れる」、「される」。**

---

❖ 行(い)く i.k~~u~~（去）＋せる se.ru → 行(い)かせる i.ka.se.ru（讓～去）【使役形】

＋れる re.ru → 行(い)かれる i.ka.re.ru（被～去）【受身形】

＋される sa.re.ru → 行(い)かされる i.ka.sa.re.ru（被迫要去）【使役受身形】

❖ 書く ka.k~~u~~（寫）　＋せる se.ru　→ 書かせる ka.ka.se.ru

（讓～寫）【使役形】

＋れる re.ru　→ 書かれる ka.ka.re.ru

（被～寫）【受身形】

＋される sa.re.ru → 書かされる ka.ka.sa.re.ru

（被迫要寫）【使役受身形】

❖ 飲む no.m~~u~~（喝）　＋せる se.ru　→ 飲ませる no.ma.se.ru

（讓～喝）【使役形】

＋れる re.ru　→ 飲まれる no.ma.re.ru

（被～喝）【受身形】

＋される sa.re.ru → 飲まされる no.ma.sa.re.ru

（被迫要喝）【使役受身形】

❖ 話す ha.na.s~~u~~（說）　＋せる se.ru　→ 話させる ha.na.sa.se.ru

（讓～說）【使役形】

＋れる re.ru　→ 話される ha.na.sa.re.ru

（被～說）【受身形】

＋~~される~~ sa.re.ru → 話させられる ha.na.sa.se.ra.re.ru

（被迫要說）【使役受身形】

註）【使役受身形】的「さ行」變化方式例外，請小心。

以上是「第一類動詞」的變化，如果還不熟悉動詞分類的話，請參照「動詞變化的暖身閱讀」（P.013）。其他「第二類動詞」與「第三類動詞」的變化如下。

## 第二類動詞

**變化方式：**
**將動詞最後的假名去掉「る」，再分別加上「させる」、「られる」、「させられる」就可以了。**

食べ~~る~~（吃）＋させる　→食べさせる（讓～吃）【使役形】
＋られる　→食べられる（被～吃）【受身形】
＋させられる→食べさせられる（被迫要吃）【使役受身形】

見~~る~~（看）　＋させる　→見させる（讓～看）【使役形】
＋られる　→見られる（被～看）【受身形】
＋させられる→見させられる（被迫要看）【使役受身形】

## 第三類動詞（不規則）

**變化方式：**
**沒有規則，所以多唸一唸，把它們背起來吧。**

くる（來）→こさせる（讓～來）【使役形】
→こられる（被～來）【受身形】
→こさせられる（被迫要來）【使役受身形】
する（做）→させる（讓～做）【使役形】
→される（被～做）【受身形】
→させられる（被迫要做）【使役受身形】

## C 各類動詞的變化練習

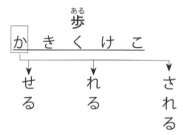

真簡單！

MP3 78

### 第一類動詞

**か行　歩（ある）く a.ru.ku（走路）**

歩（ある）

か　き　く　け　こ

↓ せる　↓ れる　↓ される

（讓～走）（被～走）（被迫要走）

歩（ある）かせる（讓～走）
歩（ある）かれる（被～走）
歩（ある）かされる（被迫要走）

**が行　急（いそ）ぐ i.so.gu（趕緊）**

急（いそ）

が　ぎ　ぐ　げ　ご

↓ せる　↓ れる　↓ される

（讓～趕緊）（被～趕緊）（被迫要趕緊）

急（いそ）がせる（讓～趕緊）
急（いそ）がれる（被～趕緊）
急（いそ）がされる（被迫要趕緊）

**さ行　探（さが）す sa.ga.su（找）**

探（さが）

さ　し　す　せ　そ

↓ せる　↓ れる　↓ せられる

（讓～找）（被～找）（被迫要找）

探（さが）させる（讓～找）
探（さが）される（被～找）
探（さが）させられる（被迫要找）

**な行　死（し）ぬ shi.nu（死）**

死（し）

な　に　ぬ　ね　の

↓ せる　↓ れる　↓ される

（讓～死）（被～死）（被迫要死）

死（し）なせる（讓～死）
死（し）なれる（被～死）
死（し）なされる（被迫要死）

**註）**【使役受身形】的「さ行」變化方式例外，請小心。

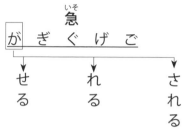

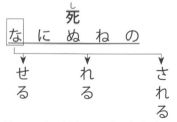

ば行　運(はこ)ぶ ha.ko.bu（搬運）

運(はこ)
ば　び　ぶ　べ　ぼ
↓ せる（讓～搬）
↓ れる（被～搬）
↓ される（被迫要搬）

運(はこ)ばせる（讓～搬）
運(はこ)ばれる（被～搬）
運(はこ)ばされる（被迫要搬）

ま行　読(よ)む yo.mu（唸）

読(よ)
ま　み　む　め　も
↓ せる（讓～唸）
↓ れる（被～唸）
↓ される（被迫要唸）

読(よ)ませる（讓～唸）
読(よ)まれる（被～唸）
読(よ)まされる（被迫要唸）

ら行　帰(かえ)る ka.e.ru（回去）

帰(かえ)
ら　り　る　れ　ろ
↓ せる（讓～回去）
↓ れる（被～回去）
↓ される（被迫要回去）

帰(かえ)らせる（讓～回去）
帰(かえ)られる（被～回去）
帰(かえ)らされる（被迫要回去）

わ行　買(か)う ka.u（買）

買(か)
わ（い）（う）（え）を＝お
↓ せる（讓～買）
↓ れる（被～買）
↓ される（被迫要買）

買(か)わせる（讓～買）
買(か)われる（被～買）
買(か)わされる（被迫要買）

## 第二類動詞

**上一段動詞：**
**將動詞最後的假名去掉「る」+ 使役形（させる）/ 受身形（られる）/ 使役受身形（させられる）。**

---

信(しん)じ~~る~~（相信） + させる → 信(しん)じさせる（讓～相信）
+ られる → 信(しん)じられる（被～相信）
+ させられる → 信(しん)じさせられる（被迫要相信）

---

着(き)~~る~~（穿） + させる → 着(き)させる（讓～穿）
+ られる → 着(き)られる（被～穿）
+ させられる → 着(き)させられる（被迫要穿）

---

浴(あ)び~~る~~（淋浴） + させる → 浴(あ)びさせる（讓～淋浴）
+ られる → 浴(あ)びられる（被～淋浴）
+ させられる → 浴(あ)びさせられる（被迫要淋浴）

---

煮(に)~~る~~（煮） + させる → 煮(に)させる（讓～煮）
+ られる → 煮(に)られる（被～煮）
+ させられる → 煮(に)させられる（被迫要煮）

---

**下一段動詞：**
**將動詞最後的假名去掉「る」+ 使役形（させる）/ 受身形（られる）/ 使役受身形（させられる）。**

始(はじ)め~~る~~（開始） ＋させる → 始(はじ)めさせる（讓～開始）
＋られる → 始(はじ)められる（被～開始）
＋させられる → 始(はじ)めさせられる（被迫要開始）

教(おし)え~~る~~（教） ＋させる → 教(おし)えさせる（讓～教）
＋られる → 教(おし)えられる（被～教）
＋させられる → 教(おし)えさせられる（被迫要教）

忘(わす)れ~~る~~（忘記） ＋させる → 忘(わす)れさせる（讓～忘記）
＋られる → 忘(わす)れられる（被～忘記）
＋させられる → 忘(わす)れさせられる（被迫要忘記）

寝(ね)~~る~~（睡覺） ＋させる → 寝(ね)させる（讓～睡覺）
＋られる → 寝(ね)られる（被～睡覺）
＋させられる → 寝(ね)させられる（被迫要睡覺）

## 第三類動詞

**カ變**　くる（來）→ こさせる（讓～來）【使役形】

→ こられる（被～來）【受身形】

→ こさせられる（被迫要來）【使役受身形】

### カ變還可以這樣變喔！

**持ってくる**（帶（～物品）來）

→ **持ってこさせる**（讓～帶（～物品）來）【使役形】

→ **持ってこられる**（被～帶（～物品）來）【受身形】

→ **持ってこさせられる**（被迫要帶（～物品）來）【使役受身形】

**連れてくる**（帶（～人）來）

→ **連れてこさせる**（讓～帶（～人）來）【使役形】

→ **連れてこられる**（被～帶（～人）來）【受身形】

→ **連れてこさせられる**（被迫要帶（～人）來）【使役受身形】

**サ變**　する（做）→ させる（讓～做）【使役形】
→ される（被～做）【受身形】
→ させられる（被迫要做）【使役受身形】

**サ變還可以這樣變喔！**

**運転する**（開車）
→ **運転させる**（讓～開車）【使役形】
→ **運転される**（被～開車）【受身形】
→ **運転させられる**（被迫要開車）【使役受身形】

**勉強する**（唸書）
→ **勉強させる**（讓～唸書）【使役形】
→ **勉強される**（被～唸書）【受身形】
→ **勉強させられる**（被迫要唸書）【使役受身形】

**紹介する**（介紹）
→ **紹介させる**（讓～介紹）【使役形】
→ **紹介される**（被～介紹）【受身形】
→ **紹介させられる**（被迫要介紹）【使役受身形】

**運動する**（運動）
→ **運動させる**（讓～運動）【使役形】
→ **運動される**（被～運動）【受身形】
→ **運動させられる**（被迫要運動）【使役受身形】

D「使役形」的句型很好用！ 真好用！

## ① ～ましょう。

（使役形＋ましょう。）讓～做～吧。

＊ 娘(むすめ)に　英語(えいご)を　習(なら)わせましょう。
（讓女兒學英文吧。）

＊ 赤(あか)ちゃんに　ミルクを　飲(の)ませましょう。
（讓嬰兒喝牛奶吧。）

＊ 子(こ)どもに　上着(うわぎ)を　着(き)せましょう。
（讓孩子穿上衣吧。）

＊ 今日(きょう)は　学生(がくせい)に　作文(さくぶん)を　書(か)かせましょう。
（今天讓學生寫作文吧。）

＊ 息子(むすこ)を　塾(じゅく)に　行(い)かせましょう。
（讓兒子去補習班吧。）

＊ 犬(いぬ)を　海(うみ)で　泳(およ)がせましょう。
（讓狗在海邊游泳吧。）

MP3 80

## ② ～ことに　しました。

（使役形＋ことに　しました。）決定讓～做～。

＊ 新人（しんじん）を　営業（えいぎょう）に　行（い）かせることに　しました。
（決定讓新人去跑業務。）

＊ 宿題（しゅくだい）を　忘（わす）れたら、学生（がくせい）を　廊下（ろうか）に　立（た）たせることに　しました。
（決定如果忘了寫功課，就讓學生站在走廊。）

＊ 祖母（そぼ）は　孫（まご）に　にんじんを　食（た）べさせることに　しました。
（祖母決定讓孫子吃紅蘿蔔。）

＊ 学生（がくせい）に　毎日（まいにち）、教室（きょうしつ）を　掃除（そうじ）させることに　しました。
（決定讓學生每天打掃教室。）

＊ 合格（ごうかく）したら、子（こ）どもを　遊園地（ゆうえんち）に　行（い）かせることに　しました。
（決定如果考上了，就讓孩子去遊樂園玩。）

＊ 母親（ははおや）は　子（こ）どもに　自分（じぶん）で　料理（りょうり）させることに　しました。
（母親決定讓孩子自己做料理。）

## ③ ～ないで　ください。

（使役形＋ないで　ください。）請不要讓～做～。

＊ わたしを　困(こま)らせないで　ください。
（請不要讓我為難。）

＊ びっくりさせないで　ください。
（請不要讓我驚嚇。）

＊ 同(おな)じことを　何度(なんど)も　言(い)わせないで　ください。
（請不要同樣的事讓我説好幾次。）

＊ これ　以上(いじょう)、失望(しつぼう)させないで　ください。
（請再也不要讓我失望。）

＊ 難(むずか)しいことを　考(かんが)えさせないで　ください。
（請不要讓我思考很難的事。）

＊ わたしに　ばかり　お金(かね)を　払(はら)わせないで　ください。
（請不要光讓我付錢。）

MP3 82

## ④ ～ては　どうですか。

（使役形＋ては　どうですか。）讓～如何呢？

＊息子さんに　絵を　習わせては　どうですか。
（讓您兒子學畫畫如何呢？）

＊弁護士に　相談させては　どうですか。
（讓他跟律師商量如何呢？）

＊1人に　させては　どうですか。
（讓他一個人做如何呢？）

＊自分で　話させては　どうですか。
（讓他自己說如何呢？）

＊漢方薬を　飲ませては　どうですか。
（讓他喝中藥如何呢？）

＊そろそろ　娘さんを　働かせては　どうですか。
（差不多讓您女兒工作如何呢？）

ε「受身形」的句型很好用！ 真好用！

## ① ～て　しまいました。

（受身形＋て　しまいました。）被～做～。

（表示可惜、後悔等種種感慨。）

＊ 宿題(しゅくだい)を　忘(わす)れて、先生(せんせい)に　叱(しか)られて　しまいました。
（忘了帶作業，被老師罵。）

＊ 弟(おとうと)に　ケーキを　食(た)べられて　しまいました。
（被弟弟吃了蛋糕。）

＊ 母親(ははおや)に　雑誌(ざっし)を　捨(す)てられて　しまいました。
（被母親丟了雜誌。）

＊ 留守中(るすちゅう)に　泥棒(どろぼう)に　入(はい)られて　しまいました。
（不在家時，被小偷進來了。）

＊ 日記(にっき)を　姉(あね)に　読(よ)まれて　しまいました。
（被姊姊看了日記。）

＊ 誰(だれ)かに　財布(さいふ)を　盗(ぬす)まれて　しまいました。
（被誰偷了錢包。）

MP3 84

## ② ～ても　さしつかえありません。

（受身形＋ても　さしつかえありません。）

即使被～也無妨。

＊他(ほか)の　人(ひと)に　知(し)られても　さしつかえありません。

（即使被別人知道也無妨。）

＊誰(だれ)かに　見(み)られても　さしつかえありません。

（即使被誰看到也無妨。）

＊コピーされても　さしつかえありません。

（即使被模仿也無妨。）

＊そのかばんは　盗(ぬす)まれても　さしつかえありません。

（即使那個包包被偷也無妨。）

＊姉(あね)に　食(た)べられても　さしつかえありません。

（即使被姊姊吃也無妨。）

＊母(はは)に　日記(にっき)を　読(よ)まれても　さしつかえありません。

（即使被母親看日記也無妨。）

F「使役受身形」的句型很好用！ 真好用！

## ①「使役受身形」的普通句 被迫要～。

＊ 昨日、先生に　掃除させられました。
（昨天被老師強迫打掃。）

＊ 授業では　必ず　日本語で　答えさせられます。
（課堂上被迫一定要用日文回答。）

＊ この店は　人気が　あるので、いつも　待たされます。
（因為這家店受歡迎，所以每次被迫等。）

＊ 嫌いなピアノを　習わされて、つらいです。
（被迫學討厭的鋼琴，很痛苦。）

＊ 毎日　残業させられて、早く　帰れません。
（每天被迫加班，無法早點回家。）

＊ 宿題を　忘れたら、廊下に　立たされます。
（如果忘記功課，會被迫站在走廊。）

MP3 86

## ② ～て　みて　初(はじ)めて～、
## （使役受身形＋て　みて　初(はじ)めて～、）

只有被迫～才～（產生某種狀態）

＊ 働(はたら)かされて　みて　初(はじ)めて、仕事(しごと)の　たいへんさが　分(わ)かりました。（只有被迫工作，才知工作的辛苦。）

＊ 病院(びょういん)で　世話(せわ)させられて　みて　初(はじ)めて、健康(けんこう)の　大切(たいせつ)さを　知(し)りました。（只有在醫院被迫照顧，才知健康的重要。）

＊ 待(ま)たされて　みて　初(はじ)めて、待(ま)つ人(ひと)の　つらさを　知(し)りました。
（只有被迫等待，才知等著的人的難受。）

＊ 塾(じゅく)に　入(はい)らされて　みて　初(はじ)めて、勉強(べんきょう)する気(き)に　なりました。
（只有被迫進補習班，才變得有了要唸書的念頭。）

＊ 掃除(そうじ)させられて　みて　初(はじ)めて、掃除(そうじ)する人(ひと)の　たいへんさが　分(わ)かりました。
（只有被迫打掃，才知打掃人的辛苦。）

＊ 1人(ひとり)で　住(す)まされて　みて　初(はじ)めて、家族(かぞく)の　温(あたた)かさを　感(かん)じました。（只有被迫一個人住，才感到家人的溫暖。）

# 附錄

真好記！

## 統合整理（各類動詞變化）

最後，我們將所有的動詞依「第一類動詞」、「第二類動詞」、「第三類動詞」的分類方式，分別整理出每一個動詞的「ない形」、「ます形」、「辭書形」……種種變化，讓讀者融會貫通每一種動詞的每一種變化！

## 第一類動詞

### 字尾か行

例如：**歩(ある)く**（走）、**動(うご)く**（動）、**聞(き)く**（聽）、**置(お)く**（放）、**働(はたら)く**（工作）、**着(つ)く**（到達）

範例單字：**書(か)く**（寫）

| 語幹 | 語尾 | 接續 | | |
|---|---|---|---|---|
| 書(か) | か | 【否定】**ない**（不寫） | 【使役】<br>**せる**（讓～寫） | 【受身】<br>**れる**（被～寫） |
| | か | 【使役受身】<br>**される**（被迫要寫；口語用法；「せられる」的簡化）<br>**せられる**（被迫要寫；文言文的用法） | | |
| | き | 【肯定的禮貌說法】<br>**ます**（寫） | 【希望】**たい**（想寫） | 【推測】<br>**そうだ**（好像要寫） |
| | き | 【動作並列】**ながら**（一邊寫，一邊～） | 【動作列舉】**たり**<br>（寫啦，～啦）<br>變音（**き→い**） | |
| | く | 【名詞】<br>**とき**（寫的時候） | 【逆接】**が / けれど**<br>（雖然寫，但是～） | 【假定】<br>**と**（如果寫的話） |
| | く | 【原因】<br>**から**（因為寫） | 【推測】<br>**ようだ**（似乎要寫） | 【預定】<br>**つもりだ**（打算寫） |
| | く | 【傳聞】<br>**そうだ**（聽說要寫） | 【推測】<br>**はずだ**（應該會寫） | 【推測】<br>**だろう**（會寫吧） |
| | け | 【假定】<br>**ば**（如果寫的話） | 【能力】**る**（能寫） | 【命令】。<br>（不用接任何字，直接加句號）（寫！） |
| | こ | 【勸誘】**う**（寫吧！） | | |

**註）**「行(い)く」（去）是特例，後面接續「て形」或「た形」時為「促音便」，而非「イ音便」。例如：「行(い)って」、「行(い)った」。

## 字尾が行

例如：急ぐ（趕緊）、脱ぐ（脱）、騒ぐ（吵鬧）、繋ぐ（繫；牽）、防ぐ（防止）、塞ぐ（塞住）

範例單字：泳ぐ（游泳）

| 語幹 | 語尾 | 接續 | | |
|---|---|---|---|---|
| 泳 | が | 【否定】ない（不游） | 【使役】<br>せる（讓～游） | 【受身】<br>れる（被～游） |
| | | 【使役受身】<br>される（被迫要寫；口語用法；「せられる」的簡化）<br>せられる（被迫要寫；文言文的用法） | | |
| | ぎ | 【肯定的禮貌說法】<br>ます（游） | 【希望】たい（想游） | 【推測】<br>そうだ（好像要游） |
| | | 【動作並列】ながら<br>（一邊游，一邊～） | 【動作列舉】たり<br>（游啦，～啦）<br>變音（ぎ→い） | |
| | ぐ | 【名詞】<br>とき（游的時候） | 【逆接】が / けれど<br>（雖然游，但是～） | 【假定】<br>と（如果游的話） |
| | | 【原因】<br>から（因為游） | 【推測】<br>ようだ（似乎要游） | 【預定】<br>つもりだ（打算游） |
| | | 【傳聞】<br>そうだ（聽說要游） | 【推測】<br>はずだ（應該會游） | 【推測】<br>だろう（會游吧） |
| | げ | 【假定】<br>ば（如果游的話） | 【能力】る（能游） | 【命令】。<br>（不用接任何字，直接加句號）（游！） |
| | ご | 【勸誘】う（游吧！） | | |

## 字尾さ行

例如：貸す（借給）、出す（拿出）、消す（熄滅；關閉）、渡す（遞給）、返す（還給）、押す（推）

範例單字：話す（說）

<table>
<tr><th>語幹</th><th>語尾</th><th colspan="3">接續</th></tr>
<tr><td rowspan="11">話</td><td rowspan="2">さ</td><td>【否定】ない（不說）</td><td>【使役】<br>せる（讓～說）</td><td>【受身】<br>れる（被～說）</td></tr>
<tr><td colspan="3">【使役受身】せられる（被迫要說）<br>註：【使役受身】通常要用「される」，但「さ行」連續唸「ささ」不好唸，因此用「せられる」。</td></tr>
<tr><td rowspan="2">し</td><td>【肯定的禮貌說法】<br>ます（說）</td><td>【希望】たい（想說）</td><td>【推測】<br>そうだ（好像要說）</td></tr>
<tr><td>【動作並列】ながら（一邊說，一邊～）</td><td>【動作列舉】たり<br>（說啦，～啦）</td><td></td></tr>
<tr><td rowspan="3">す</td><td>【名詞】<br>とき（說的時候）</td><td>【逆接】が / けれど<br>（雖然說，但是～）</td><td>【假定】<br>と（如果說的話）</td></tr>
<tr><td>【原因】<br>から（因為說）</td><td>【推測】<br>ようだ（似乎要說）</td><td>【預定】<br>つもりだ（打算說）</td></tr>
<tr><td>【傳聞】<br>そうだ（聽說要說）</td><td>【推測】<br>はずだ（應該會說）</td><td>【推測】<br>だろう（會說吧）</td></tr>
<tr><td>せ</td><td>【假定】<br>ば（如果說的話）</td><td>【能力】る（能說）</td><td>【命令】。<br>（不用接任何字，直接加句號）（說！）</td></tr>
<tr><td>そ</td><td>【勸誘】う（說吧！）</td><td></td><td></td></tr>
</table>

## 字尾た行

例如：**立つ**（站）、**打つ**（打）、**待つ**（等）、**勝つ**（勝利）、**育つ**（發育；生長）、**保つ**（保住）

範例單字：**持つ**（拿）

| 語幹 | 語尾 | 接續 | | |
|---|---|---|---|---|
| 持 | た | 【否定】**ない**（不拿） | 【使役】<br>**せる**（讓～拿） | 【受身】<br>**れる**（被～拿） |
| | | 【使役受身】<br>**される**（被迫要寫；口語用法；「せられる」的簡化）<br>**せられる**（被迫要寫；文言文的用法） | | |
| | ち | 【肯定的禮貌説法】<br>**ます**（拿） | 【希望】**たい**（想拿） | 【推測】<br>**そうだ**（好像要拿） |
| | | 【動作並列】**ながら**（一邊拿，一邊～） | 【動作列舉】**たり**<br>（拿啦，～啦）<br>變音（ち→っ） | |
| | つ | 【名詞】<br>**とき**（拿的時候） | 【逆接】**が / けれど**（雖然拿，但是～） | 【假定】<br>**と**（如果拿的話） |
| | | 【原因】<br>**から**（因為拿） | 【推測】<br>**ようだ**（似乎要拿） | 【預定】<br>**つもりだ**（打算拿） |
| | | 【傳聞】<br>**そうだ**（聽説要拿） | 【推測】<br>**はずだ**（應該會拿） | 【推測】<br>**だろう**（會拿吧） |
| | て | 【假定】<br>**ば**（如果拿的話） | 【能力】**る**（能拿） | 【命令】。<br>（不用接任何字，直接加句號）（拿！） |
| | と | 【勸誘】**う**（拿吧！） | | |

## 字尾ば行

例如：飛ぶ（飛）、遊ぶ（玩）、学ぶ（學習）、運ぶ（搬運）、並ぶ（排列）、選ぶ（選擇）

範例單字：呼ぶ（叫）

| 語幹 | 語尾 | 接續 | | |
|---|---|---|---|---|
| 呼 | ば | 【否定】ない（不叫） | 【使役】<br>せる（讓～叫） | 【受身】<br>れる（被～叫） |
| 呼 | ば | 【使役受身】<br>される（被迫要寫；口語用法；「せられる」的簡化）<br>せられる（被迫要寫；文言文的用法） | | |
| 呼 | び | 【肯定的禮貌説法】<br>ます（叫） | 【希望】たい（想叫） | 【推測】<br>そうだ（好像要叫） |
| 呼 | び | 【動作並列】ながら<br>（一邊叫，一邊～） | 【動作列舉】たり<br>（叫啦，～啦）<br>變音（び→ん） | |
| 呼 | ぶ | 【名詞】<br>とき（叫的時候） | 【逆接】が / けれど<br>（雖然叫，但是～） | 【假定】<br>と（如果叫的話） |
| 呼 | ぶ | 【原因】<br>から（因為叫） | 【推測】<br>ようだ（似乎要叫） | 【預定】<br>つもりだ（打算叫） |
| 呼 | ぶ | 【傳聞】<br>そうだ（聽説要叫） | 【推測】<br>はずだ（應該會叫） | 【推測】<br>だろう（會叫吧） |
| 呼 | べ | 【假定】<br>ば（如果叫的話） | 【能力】る（能叫） | 【命令】。<br>（不用接任何字，直接加句號）（叫！） |
| 呼 | ぼ | 【勸誘】う（叫吧！） | | |

## 字尾ま行

例如：**住む**（住）、**読む**（唸；讀）、**産む**（生產）、**休む**（休息）、**包む**（包）、**止む**（停）

範例單字：**飲む**（喝）

| 語幹 | 語尾 | 接續 | | |
|---|---|---|---|---|
| 飲 | ま | 【否定】**ない**（不喝） | 【使役】<br>**せる**（讓～喝） | 【受身】<br>**れる**（被～喝） |
| | | 【使役受身】<br>**される**（被迫要寫；口語用法；「せられる」的簡化）<br>**せられる**（被迫要寫；文言文的用法） | | |
| | み | 【肯定的禮貌說法】<br>**ます**（喝） | 【希望】**たい**（想喝） | 【推測】<br>**そうだ**（好像要喝） |
| | | 【動作並列】**ながら**<br>（一邊喝，一邊～） | 【動作列舉】**だり**<br>（喝啦，～啦）<br>變音（み→ん） | |
| | む | 【名詞】<br>**とき**（喝的時候） | 【逆接】**が／けれど**<br>（雖然喝，但是～） | 【假定】<br>**と**（如果喝的話） |
| | | 【原因】<br>**から**（因為喝） | 【推測】<br>**ようだ**（似乎要喝） | 【預定】<br>**つもりだ**（打算喝） |
| | | 【傳聞】<br>**そうだ**（聽說要喝） | 【推測】<br>**はずだ**（應該會喝） | 【推測】<br>**だろう**（會喝吧） |
| | め | 【假定】<br>**ば**（如果喝的話） | 【能力】**る**（能喝） | 【命令】。<br>（不用接任何字，直接加句號）（喝！） |
| | も | 【勸誘】**う**（喝吧！） | | |

## 字尾ら行

例如：知る（知道）、売る（賣）、乗る（搭乘）、帰る（回去）、走る（跑）、座る（坐）

範例單字：作る（做）

<table>
<tr><th>語幹</th><th>語尾</th><th colspan="3">接續</th></tr>
<tr><td rowspan="11">作</td><td rowspan="2">ら</td><td>【否定】ない（不做）</td><td>【使役】<br>せる（讓～做）</td><td>【受身】<br>れる（被～做）</td></tr>
<tr><td colspan="3">【使役受身】<br>される（被迫要寫；口語用法；「せられる」的簡化）<br>せられる（被迫要寫；文言文的用法）</td></tr>
<tr><td rowspan="2">り</td><td>【肯定的禮貌說法】<br>ます（做）</td><td>【希望】たい（想做）</td><td>【推測】<br>そうだ（好像要做）</td></tr>
<tr><td>【動作並列】ながら（一邊做，一邊～）</td><td>【動作列舉】たり（做啦，～啦）<br>變音（り→っ）</td><td></td></tr>
<tr><td rowspan="3">る</td><td>【名詞】<br>とき（做的時候）</td><td>【逆接】が / けれど（雖然做，但是～）</td><td>【假定】<br>と（如果做的話）</td></tr>
<tr><td>【原因】<br>から（因為做）</td><td>【推測】<br>ようだ（似乎要做）</td><td>【預定】<br>つもりだ（打算做）</td></tr>
<tr><td>【傳聞】<br>そうだ（聽說要做）</td><td>【推測】<br>はずだ（應該會做）</td><td>【推測】<br>だろう（會做吧）</td></tr>
<tr><td>れ</td><td>【假定】<br>ば（如果做的話）</td><td>【能力】る（能做）</td><td>【命令】。<br>（不用接任何字，直接加句號）（做！）</td></tr>
<tr><td>ろ</td><td>【勸誘】う（做吧！）</td><td></td><td></td></tr>
</table>

## 字尾わ行（あ→わ）

例如：**習う**（學習）、**洗う**（洗）、**言う**（説）、**使う**（使用）、**吸う**（吸）、**思う**（想；覺得）

範例單字：**買う**（買）

| 語幹 | 語尾 | 接續 | | |
|---|---|---|---|---|
| 買 | わ | 【否定】**ない**（不買） | 【使役】<br>**せる**（讓～買） | 【受身】<br>**れる**（被～買） |
| | | 【使役受身】<br>**される**（被迫要寫；口語用法；「せられる」的簡化）<br>**せられる**（被迫要寫；文言文的用法） | | |
| | い | 【肯定的禮貌説法】<br>**ます**（買） | 【希望】**たい**（想買） | 【推測】<br>**そうだ**（好像要買） |
| | | 【動作並列】**ながら**<br>（一邊買，一邊～） | 【動作列舉】**たり**<br>（買啦，～啦）<br>變音（**い→っ**） | |
| | う | 【名詞】<br>**とき**（買的時候） | 【逆接】**が／けれど**<br>（雖然買，但是～） | 【假定】<br>**と**（如果買的話） |
| | | 【原因】<br>**から**（因為買） | 【推測】<br>**ようだ**（似乎要買） | 【預定】<br>**つもりだ**（打算買） |
| | | 【傳聞】<br>**そうだ**（聽説要買） | 【推測】<br>**はずだ**（應該會買） | 【推測】<br>**だろう**（會買吧） |
| | え | 【假定】<br>**ば**（如果買的話） | 【能力】**る**（能買） | 【命令】。<br>（不用接任何字，直接加句號）（買！） |
| | お | 【勸誘】**う**（買吧！） | | |

## 第二類動詞

## 上一段動詞（イ段）

例如：**過ぎる**（經過）、**落ちる**（掉下來）、**起きる**（起床）、**借りる**（借入）、**浴びる**（淋浴）、**降りる**（下來）

（例外：**着る**（穿）、**見る**（看）、**煮る**（煮）、**居る**（在））

範例單字：**信じる**（相信）

| 語幹 | 接續 | | |
|---|---|---|---|
| 信じ~~る~~ | 【否定】**ない**（不相信） | 【希望】**たい**（想相信） | 【肯定的禮貌説法】**ます**（相信） |
| | 【使役】**させる**（讓～相信） | 【受身】**られる**（被～相信） | 【使役受身】**させられる**（被迫要相信） |
| | 【動作並列】**ながら**（一邊相信，一邊～） | 【動作列舉】**たり**（相信啦，～啦） | 【能力】**られる**（能相信） |
| | 【假定】**れば**（如果相信的話） | 【勸誘】**よう**（相信吧！） | 【推測】**そうだ**（好像要相信） |
| 信じる | 【名詞】**とき**（相信的時候） | 【逆接】**が／けれど**（雖然相信，但是～） | 【假定】**と**（如果相信的話） |
| | 【原因】**から**（因為相信） | 【推測】**ようだ**（似乎要相信） | 【預定】**つもりだ**（打算相信） |
| | 【傳聞】**そうだ**（聽説要相信） | 【推測】**はずだ**（應該會相信） | 【推測】**だろう**（會相信吧） |
| | 【推量】**らしい**（好像要相信） | 【建議】**べきだ**（應該要相信） | |
| 信じろ | 【命令】。（不用接任何字，直接加句號）（相信！） | | |

## 下一段動詞（エ段）

例如：**教える**（教）、**捨てる**（丟）、**考える**（思考）、**覚える**（背；記）、**調べる**（查）、**忘れる**（忘記）

（例外：**出る**（出來）、**寝る**（睡覺）、**得る**（得到）、**経る**（經過））

範例單字：**食べる**（吃）

| 語幹 | 接續 | | |
|---|---|---|---|
| 食べ~~る~~ | 【否定】**ない**（不吃） | 【希望】**たい**（想吃） | 【肯定的禮貌説法】**ます**（吃） |
| | 【使役】**させる**（讓～吃） | 【受身】**られる**（被～吃） | 【使役受身】**させられる**（被迫要吃） |
| | 【動作並列】**ながら**（一邊吃，一邊～） | 【動作列舉】**たり**（吃啦，～啦） | 【能力】**られる**（能吃） |
| | 【假定】**れば**（如果吃的話） | 【勸誘】**よう**（吃吧！） | 【推測】**そうだ**（好像要吃） |
| 食べる | 【名詞】**とき**（吃的時候） | 【逆接】**が／けれど**（雖然吃，但是～） | 【假定】**と**（如果吃的話） |
| | 【原因】**から**（因為吃） | 【推測】**ようだ**（似乎要吃） | 【預定】**つもりだ**（打算吃） |
| | 【傳聞】**そうだ**（聽説要吃） | 【推測】**はずだ**（應該會吃） | 【推測】**だろう**（會吃吧） |
| | 【推量】**らしい**（好像要吃） | 【建議】**べきだ**（應該要吃） | |
| 食べろ | 【命令】。（不用接任何字，直接加句號）（吃！） | | |

## 第三類動詞

例如：**力變　くる**（來）

| 語幹 | 接續 | | |
|---|---|---|---|
| こ | 【否定】**ない**（不來） | 【勸誘】**よう**（來吧！） | 【使役】<br>**させる**（讓～來） |
| | 【受身】<br>**られる**（被～來） | 【使役受身】<br>**させられる**（被迫要來） | |
| き | 【肯定的禮貌說法】<br>**ます**（來） | 【希望】**たい**（想來） | 【推測】<br>**そうだ**（好像要來） |
| | 【動作並列】**ながら**<br>（一邊來，一邊～） | 【動作列舉】<br>**たり**（來啦，～啦） | |
| くる | 【名詞】<br>**とき**（來的時候） | 【逆接】<br>**が / けれど**（雖然來，但是～） | 【假定】<br>**と**（如果來的話） |
| | 【原因】**から**（因為來） | 【推測】**ようだ**（似乎要來） | 【預定】<br>**つもりだ**（打算來） |
| | 【傳聞】<br>**そうだ**（聽說要來） | 【推測】**はずだ**（應該會來） | 【推測】<br>**だろう**（會來吧） |
| くれ | 【假定】**ば**（如果來的話） | | |
| こい | 【命令】。（不用接任何字，直接加句號）（來！） | | |

例如：**サ變　する**（做）

| 語幹 | 接續 | | |
|---|---|---|---|
| し | 【否定】**ない**（不做） | 【肯定的禮貌說法】<br>**ます**（做） | 【希望】**たい**（想做） |
| | 【推測】<br>**そうだ**（好像要做） | 【動作並列】**ながら**<br>（一邊做，一邊～） | 【動作列舉】<br>**たり**（做啦，～啦） |
| | 【勸誘】**よう**（做吧！） | | |
| さ | 【使役】**せる**（讓～做） | 【受身】**れる**（被～做） | 【使役受身】<br>**せられる**（被迫要做） |
| する | 【名詞】<br>**とき**（做的時候） | 【逆接】<br>**が／けれど**（雖然做，但是～） | 【假定】<br>**と**（如果做的話） |
| | 【原因】**から**（因為做） | 【推測】<br>**ようだ**（似乎要做） | 【預定】<br>**つもりだ**（打算做） |
| | 【傳聞】<br>**そうだ**（聽說要做） | 【推測】<br>**はずだ**（應該會做） | 【推測】<br>**だろう**（會做吧） |
| すれ | 【假定】**ば**（如果做的話） | | |
| しろ | 【命令】。（不用接任何字，直接加句號）（做！） | | |

國家圖書館出版品預行編目資料

信不信由你 一週學好日語動詞！ QR Code 版 / こんどうともこ著
--二版 -- 臺北市：瑞蘭國際, 2020.05
176 面；17×23 公分 --（元氣日語系列；41）
ISBN：978-957-9138-80-2（平裝）
1. 日語 2. 動詞
803.165　　109005967

元氣日語系列 41

# 信不信由你
# 一週學好日語動詞！
## QR Code版

作者｜こんどうともこ
審訂｜元氣日語編輯小組
責任編輯｜葉仲芸、王愿琦
校對｜こんどうともこ、葉仲芸、王愿琦

日語錄音｜こんどうともこ
錄音室｜采漾錄音製作有限公司
視覺設計｜劉麗雪
美術插畫｜ Ruei Yang

**瑞蘭國際出版**
董事長｜張暖彗 · 社長兼總編輯｜王愿琦
**編輯部**
副總編輯｜葉仲芸 · 副主編｜潘治婷 · 文字編輯｜鄧元婷
美術編輯｜陳如琪
**業務部**
副理｜楊米琪 · 組長｜林湲洵 · 專員｜張毓庭

法律顧問｜海灣國際法律事務所　呂錦峯律師

出版社｜瑞蘭國際有限公司 · 地址｜台北市大安區安和路一段 104 號 7 樓之一
電話｜ (02)2700-4625 · 傳真｜ (02)2700-4622 · 訂購專線｜ (02)2700-4625
劃撥帳號｜ 19914152 瑞蘭國際有限公司 · 瑞蘭國際網路書城｜ www.genki-japan.com.tw

總經銷｜聯合發行股份有限公司 · 電話｜ (02)2917-8022、2917-8042
傳真｜ (02)2915-6275、2915-7212 · 印刷｜科億印刷股份有限公司
出版日期｜ 2020 年 05 月初版 1 刷 · 定價｜ 320 元 · ISBN ｜ 978-957-9138-80-2

瑞蘭國際

瑞蘭國際

瑞蘭國際

瑞蘭國際